维洛那二士

（今译为《维洛那二绅士》）

【英】莎士比亚 著

朱生豪 译

朱尚刚 审订

中国青年出版社

献 辞

谨以此书献给

父亲朱生豪诞辰 100 周年!

——朱尚刚

本书系

朱尚刚先生推荐的

莎士比亚戏剧朱生豪原译本

目录

出版说明

莎士比亚戏剧朱生豪原译本
珍藏全集

　　"莎士比亚戏剧朱生豪原译本珍藏全集"丛书，其中27部是根据1947年（民国三十六年）世界书局出版、朱生豪翻译的《莎士比亚戏剧全集》（三卷本）原文，四部历史剧（《约翰王》、《理查二世的悲剧》、《亨利四世前篇》、《亨利四世后篇》）是借鉴1954年作家出版社出版、朱生豪翻译的《莎士比亚戏剧集》（十二），同时参考其手稿出版的。

　　朱生豪翻译莎士比亚戏剧以"保持原作之神韵"为首要宗旨。他的译作也的确实现了这个宗旨，以其流畅的译笔、华赡的文采，保持了原作的神韵，传达了莎剧的气派，被誉为翻译文学的杰作，至今仍受到读者的热烈欢迎和学界的高度评价。许渊冲曾评价说，二十世纪我国翻译界可以传世的名译有三部：朱生豪的《莎士比亚全集》、傅雷的《巴尔扎克选集》和杨必的《名利场》。

　　于是，朱生豪译本成为市场上流通最广的莎剧图书，发行量达数千万册。但鲜为人知的是，目前市场上有几十种朱译莎剧的版本，虽然都写着"朱生豪译"，但所依据的大多是人民文学出版社1978年的"校订本"——上世纪60年代初期，人民文学出版社组织一批国内一流专家对朱生豪原译本进行校订和补译，1978年出版成"校订本"——经校订的朱译莎剧无疑是对原译本的改善，但在某种意义上来说，校订者和原译者的思维定式和语言习惯不同，因此经校订后的译文在语言风格的一致性等方面受到了影响，还有学者对某些修改之处也提出存疑，尤其是以"职业翻译家"的思维方式，去校订和补译"文学家翻译"的译本语言，不但改变了朱生豪原译之味道，也可能在一定程度上影响了莎剧"原作之神韵"的保持。

当流行的朱译莎剧都是"被校订"的朱生豪译本时，时下读者鲜知人文校订版和"朱生豪原译本"的差别，错把冯京当马凉，几乎和本色的朱生豪译作失之交臂。因此，近年来不乏有识之士呼吁：还原朱生豪原译之味道，保持莎剧原作之神韵。

中国青年出版社根据朱生豪后人朱尚刚先生推荐的原译版本，对照朱生豪翻译手稿进行审订，还原成能体现朱生豪原译风格、再现朱译莎剧文学神韵的"原译本"系列，让读者能看到一个本色的朱生豪译本（包括他的错漏之处）。

　　1947年（民国三十六年），世界书局首次出版朱生豪译的《莎士比亚戏剧全集》时，曾计划先行出版"单行本"系列，朱生豪夫人宋清如女士还为此专门撰写了"单行本序"，后因直接出版了三卷本的"全集"，未出单行本而未采用。2012年，朱生豪诞辰100周年之际，经朱尚刚先生授权，以宋清如"单行本序"为开篇，中国青年出版社"第一次"把朱生豪原译的31部莎剧都单独以"原译名"成书出版，制作成"单行本珍藏全集"。

　　谨以此向"译界楷模"朱生豪100周年诞辰献上我们的一份情意！

2012年8月

《莎剧解读》序（节选）

我们在翻译中，首先碰到的问题就是评论中所引用的莎士比亚原文，究竟由我们自己翻译出来，还是借用接任已有的翻译。我们决定借用别人的译文。当时译出的莎剧已经不少，译者大多都是名家，但我们毫不迟疑地选择了朱生豪的译本。朱的译本于抗战时期在世界书局出版，装订为三厚册。他翻译此书时，年仅三十多岁。他不顾当时环境艰苦，条件简陋，以极大的毅力和热忱，完成了这项难度极高的巨大工程，真是令人可敬可服。一九五四年，人民文学出版社将它再版重印，分为十二册，文字没有作什么更动，只是将有些剧本的名字改得朴素一点。我们在翻译莎剧评论时，所援引的原著译文就是根据这一版本。当时我见到主持出版社工作的老友适夷，对他说，他办了一件好事。不料后来，出版社却把这一版本停了，改出新的版本。新版本补充了朱生豪未译的几个历史剧，而对朱译的其他各剧，则请人再据原文校改。校改者虽然大多尊重原译，但是在个别文字上也作了不少订正。从个别字汇来看，不能说这些订正不对，校改者所订正的某些字，确实比原译更确切。但从整体来看，还有原译的精神面貌问题，即传神达旨的问题必须加以考虑。拘泥原著每个字的准确性，不一定就更能传达原著的总体精神面貌。相反，有时甚至可能会损害原著的整体精神。我国古代文论中，刘勰有所谓"谨发而易貌"的说法，即是指此。这意思是说，画家倘拘泥于去画人的每根头发，反而是会使人的面貌走样。汤用彤曾说魏晋识鉴在神明。从那时起我国审美趣味十分重视传神达旨。刘知几《史通》区分了貌同心异与貌异心同两种不同的模拟，认为前者为下，后者为上，也是阐明同一道理。过去我们的翻译理论强调直译，这在一定时期（或在纠正不负责任随心所欲的意译之风时）是必要的，但如果强调过头，忽略传神达旨的重要，那也成为另一种一偏之见了。朱译在传神达旨上可以说是首屈一指的，所以我们翻译莎剧评论引用原剧文字时，仍用未经动过的朱译。我们准备这样做也得到了满涛的同意。后来他在翻译中倘遇到莎剧文字，也同样援用一九五四年出的朱译本子。直到后来，我才知道，朱生豪和我少年时代的老师任铭善先生是大学的同学而且友善，二人在校时即同组诗社唱和。有趣的是任先生学的是外文，后来却弃外文而专攻国学；而朱生豪在校时，读的是中文，后来却弃中文而投身莎士比亚的翻译。朱的译文，不仅优美流畅，而且在韵味、音调、气势、节奏种种行文微妙处，莫不令人击节赞赏，是我读到莎剧中译的最好译文，迄今尚无出其右者。

（此部分摘录自歌德等著，张可、王元化译的《莎剧解读》，经王元化家属桂碧清女士特别授权使用。）

莎氏剧集单行本序[①]

文 / 宋清如

　　盖惟意志坚强，识见卓越之士，为能刻苦淬砺，历艰难而不退，守困穷而不移，然后成其功遂其业。吾于生豪之译莎氏剧本全集，亦不得不云然。余识生豪久，知生豪深，洞悉其译莎剧之始末。且大部之成，余常侍其左右，故每念其沥尽心血，未及完工，竟以身殉，恒不自禁其哀怨之切也。

　　生豪秀水人，幼具异禀，早失怙恃，性情温和若女子。然意志刚强，识见卓越，平生无嗜好，洁身自爱，不屑略涉非礼，颇有伯夷之风。年十八卒业于邑之秀州中学，入杭州之江大学工国文英文两科，师友皆目为杰出之人才。卒业后于世界书局任英文编辑，每公事毕辄浏览群书，尤嗜诗歌。后乃悉心研究莎氏剧本，从事移植。尝谓莎翁著作足以冠盖千古，超越千古，而我国至今尚无全集之译本，诚足令人齿

　　① 1947年世界书局曾经考虑在出版三卷本的《莎士比亚戏剧全集》前先出系列单行本，为此宋清如女士专门拟写了序。后来世界书局没有出单行本，直接出全集了，这篇序也就没有采用。经朱尚刚先生授权，首次在珍藏版莎士比亚戏剧系列单行本上独家采用。——编者注

冷。余决勉为其难，一洗此耻。其译作之经过，略见于其自序。厥后因用心过度，精神日损而贫困日甚。译事伤其神，国事家事短其气，而孜孜矻矻工作益勤，操心益苦。不幸竟于三十三年六月肺疾加剧，委顿床席，奔走无方，医药不继，终致于十二月廿六日未时谢世，年仅三十又四[①]。莎剧全集尚缺五本又半，抱志未酬，哀哉痛哉！

生豪喜诗歌，早年著作均失于战火。尝自辑其旧体诗歌，釐为四卷，分歌行、漫越、长短句及译诗，而命之谓《古梦集》。新体诗则有《小溪集》、《丁香集》等。皆于中美日报馆被占时失去。今所存仅少数新诗耳。

自致力译莎工作以后，绝少写作。良以莎翁作品使之心醉神往，反觉己之粗疏浅陋，不能自惬于怀。尝拟于莎剧全集译竣而后，再译莎翁十四行诗。不意大业未就，遽而弃世。才人命蹇，诚何痛惜！生豪于中国诗人中，酷爱渊明，盖其恬淡之性，殊多同趣也。至于译笔之优劣短长，自有公论，余不欲以偏见淆其面目也。

---

① 朱生豪生于1912年2月（阴历为壬子年12月），1944年12月去世，去世时是32周岁，但若按阴历虚岁计算的话，就是34岁。——编者注

剧中人物

密兰公爵——雪尔薇亚的父亲

伐伦泰因
普洛丢斯　　——二士人

安东尼奥——普洛丢斯的父亲

修里奥——伐伦泰因的愚蠢的情敌

埃格来莫——助雪尔薇亚脱逃者

史比特——伐伦泰因的傻仆

朗斯——普洛丢斯的傻仆

潘底诺——安东尼奥的仆人

旅店主——裘丽亚在密兰的居停

强盗——随伐伦泰因啸聚的一群

裘丽亚——普洛丢斯的恋人

雪尔薇亚——伐伦泰因的恋人

露瑟他——裘丽亚的女仆

仆人、乐师等

地点

维洛那；密兰；及曼多亚边境

第一幕

青春的恋爱就像阴晴不定的四月天气，太阳的光彩刚刚照耀大地，片刻间就遮上了黑沉沉的乌云一片！

第一场 维洛那；旷野

【伐伦泰因及普洛丢斯上。

伐　不用劝我，亲爱的普洛丢斯；年轻人株守家园，见
闻总是限于一隅。倘不是爱情把你锁系在你情人的
温柔的眼波里，我倒很想请你跟我一块儿去见识见
识外面的世界，那总比在家里无所事事，把青春销
磨在懒散的无聊里好得多多。可是你现在既然在恋
爱着了，那么就恋爱下去吧，祝你得到美满的结果；
我要是着起迷来，也会是这样的。

普　你真的要走了吗？亲爱的伐伦泰因，再会吧！你在
旅途中要是见到什么值得注意的新奇事物，请你想
起你的普洛丢斯；当你得意的时候，也许你会希望
我能够分享你的幸福；当你万一遭遇甚么风波危险
的时候，你可以不用忧虑，因为我是在虔诚祈祷你
的平安。

伐　你是在念着恋爱经的时候祈祷我的平安吗？

普　我将讽诵我所宝爱的经典为你祈祷。

伐　　那一定是利安特游泳过赫勒斯滂脱海峡去会他的情
　　　人一类深情密爱的浅薄故事。

普　　他为了爱不顾一切，那证明了爱情是多么深刻。

伐　　不错，你为了爱也不顾一切，可是你却没有游泳过
　　　赫勒斯滂脱海峡去。

普　　嗳，别取笑吧。

伐　　不，我不在取笑你，那实在一点意思也没有。

普　　什么？

伐　　我是说恋爱。苦恼的呻吟换来了轻蔑；多少次心痛
　　　的叹息才换得了羞答答的秋波一盼；片刻的欢娱，
　　　是二十个晚上辗转无眠的代价。即使成功了，也许
　　　所得不偿所失；要是失败了，那就白费一场辛苦。
　　　恋爱汩没了人的聪明，使人变为愚蠢。

普　　照你说来，那么我是一个傻子了。

伐　　瞧你的样子，我恐怕你的确是一个傻子。

普　　你所诋斥的是爱情；我可是身不容主。

伐　　爱情是你的主宰，甘心供爱情驱使的，我想总不见
　　　得是一个聪明人吧。

普　　可是做书的人这样说：最芬芳的花蕾中有蛀虫，最

聪明人的心里，才会有蛀蚀心灵的爱情。

伐　做书的人还说：最早熟的花蕾，在未开放前就给蛀
　　虫吃去；稚嫩的聪明，也会被爱情化成愚蠢，当他
　　正在盛年的时候，就丧失了他的欣欣向荣的生机，
　　未来一切美妙的希望都成为泡影。可是你既然是爱
　　情的皈依者，我又何必向你多费唇舌呢？再会吧！
　　我的父亲在码头上等着我送我上船。

普　我也要送你上船，伐伦泰因。

伐　好普洛丢斯，不用了吧，让我们就此分手。我在密兰
　　等着你来信报告你在恋爱上的成功，以及我去了以
　　后这儿的一切消息；我也会同样寄信给你。

普　祝你在密兰一切顺利幸福！

伐　祝你在家里也是这样！好，再见。（下）

普　他追求着荣誉，我追求着爱情；他离开了他的朋友，
　　使他的朋友们因他的成功而增加光荣；我为了爱情，
　　把我自己，我的朋友们，以及一切都舍弃了。裘丽
　　亚啊，你已经把我变成了另一个人，使我无心学问，
　　虚掷光阴，违背良言，忽略世事；我的智慧因思虑
　　而变成软弱，我的心灵因恋慕而痛苦异常。

【史比特上。

史　　普洛丢斯少爷，上帝保佑您！您见我家主人吗？

普　　他刚才离开这里，上船到密兰去了。

史　　那么他多分已经上了船了。我就像一头迷路的羊，把他丢了。

普　　是的，牧羊人一走开，羊就会走失了。

史　　您说我家主人是牧羊人，而我是一头羊吗？

普　　是的。

史　　不，我可以用譬喻证明您的话不对。

普　　我也可以用另外一个譬喻证明我的话不错。

史　　牧羊人寻羊，不是羊寻牧羊人；我找我的主人，不是我的主人找我，所以我不是羊。

普　　羊为了吃草跟随牧羊人，牧羊人并不为了吃饭跟随羊；你为了工钱跟随你的主人，你的主人并不为了工钱跟随你，所以你是羊。

史　　您要是再说了这样一个譬喻，那我真的要咩咩地叫起来了。

普　　我问你，你有没有把我的信送给裘丽亚小姐？

史　　嗷，少爷，我，一头迷路的羔羊，把您的信给她，一头细腰的绵羊；可是她这头细腰的绵羊却什么谢礼也不给我这头迷路的羔羊。

普　这么多的羊，这片牧场上要容不下了。可是她怎么说呢？（史点头）她就是点点头吗，你这蠢货？

史　好，我的爷，我给您辛辛苦苦把信送到，您赏给我的只是蠢货两字。

普　那么就算你是个聪明人吧。

史　聪明有什么用，要是它打不开您的钱袋来。

普　算了算了，简简单单把事情交代明白；她说些甚么话？

史　打开您的钱袋来，一面交钱，一面交话。

普　好，拿去吧。（给他钱）她说甚么？

史　老实对您说吧，少爷，我想您是得不到她的爱的。

普　怎么？这也给你看出来了吗？

史　少爷，我在她身上什么都看不出来；我把您的信送给她，可是我连一块钱的影子也看不见。我给您传情达意，她待我却这样刻薄；那么当您当面向她谈情说爱的时候，她也是会一样冷酷无情的。她的心肠就像铁石一样硬，您还是不用送她甚么礼物，就送些石子给她吧。

普　甚么？她一句话也不说吗？

史　就连一句谢谢你也没有出口。总算是您慷慨，赏给我这一块钱，谢谢您，以后请您自己带信给她吧。现在我要告辞了。

普　去你的吧，船上有了你，可以保证不会中途沉没，因为你是命定要在岸上吊死的。（史下）我一定要找一个可靠些的人送信去；我的裘丽亚从这样一个狗才手里接到我的信，也许会不高兴答复我。（下）

第二场　同前；裘丽亚家中花园

【裘丽亚及露瑟他上。

裘　露瑟他，现在这儿没有别人，告诉我，你赞成我跟人家恋爱吗？

露　我赞成，小姐，只要您不是莽莽撞撞的。

裘　照你看起来，在每天和我言辞晋接的这一批高贵绅士中间，那一位最值得敬爱？

露　请您一个个举出他们的名字来，我可以用我的粗浅的头脑批评他们。

裘　你看漂亮的埃格来莫爵士怎样？

露　他是一个谈吐风雅，衣冠楚楚的武士；可是假如我是您，我就不会选中他。

裘　你看富有的墨凯西奥怎样？

露　他虽然有钱，人品却不过如此。

裘　你看温柔的普洛丢斯怎样？

露　主啊！主啊！请看我们凡人是何等愚蠢！

裘　咦！你听见了他的名字怎么大发感慨起来？

露　　恕我，亲爱的小姐；可是像我这样一个卑贱之人，
　　　怎么配批评高贵的绅士呢？

裴　　为什么别人可以批评，普洛丢斯却批评不得？

露　　因为他在许多优美的男子中间是最好的一个。

裴　　何以见得？

露　　我除了女人的直觉以外没有别的理由；我以为他最
　　　好，因为我觉得他最好。

裴　　你愿意让我把爱情用在他的身上吗？

露　　是的，要是您不以为您是在浪掷您的爱情。

裴　　可是他比其余的任何人都更不能诱动我的心。

露　　可是我想他比其余的任何人都更要爱您。

裴　　他不多说话，这表明他的爱情是有限的。

露　　火关得越紧，烧起来越是猛烈。

裴　　在恋爱中的人们，不会一无表示。

露　　不，越是到处宣扬着他们的爱情的，他们的爱情越
　　　是靠不住。

裴　　我希望我能知道他的心思。

露　　请读这封信吧，小姐。（给裴丽亚信）

裴　　"给裴丽亚。"——这是谁写来的？

露　您看过了就知道了。

裘　说出来，谁交给你这封信？

露　伐伦泰因的仆人送来这封信，我想是普洛丢斯叫他
　　送来的。他本来要当面交给您，我因为适巧遇见他，
　　所以就假冒着您的名字收下了。请您原谅我的放肆吧。

裘　嘿，好一个红娘！你竟敢接受调情的书简，瞒着我
　　跟人家串通一气，来欺侮我的年轻吗？这真是一件
　　好差使，你也真是一个能干的角色。把这信拿去，
　　给我退回原处，否则再不用见我的面啦。

露　为爱求情，难道就得到一顿责骂吗？

裘　你还不去吗？

露　我就去，好让您仔细思忖一番。（下）

裘　可是我希望我曾经窥见这信的内容。我把她这样责
　　骂过了，现在又不好意思叫她回来，反过来恳求她。
　　这傻丫头明知我是一个闺女，偏不把信硬塞给我看。
　　一个温淑的姑娘嘴里尽管说不，她却要人家解释作
　　是的。唉！唉！这一段痴愚的恋情是多么颠倒，正
　　像一个坏脾气的婴孩一样，一忽儿在他保姆身上乱
　　抓乱打，一忽儿又服服贴贴地甘心受责。刚才我把

露瑟他这样凶狠地撵走，现在却巴不得她快点儿回来；当我一面装出了满脸怒容的时候，内心的喜悦却使我心坎里满含着笑意。现在我必须引咎自责，叫露瑟他回来，请她原谅我刚才的愚蠢。喂，露瑟他！

【露瑟他重上。

露　　小姐有甚么吩咐？

裘　　现在是快吃饭的时候了吧？

露　　我希望它是，免得您空着肚子在用人身上出气。

裘　　你在那边小小心心地拾起来的是什么？

露　　没有什么。

裘　　那么你为什么俯下身子去？

露　　我在地上掉下了一张纸，把它拾起来。

裘　　那张纸难道就不算什么？

露　　它不干我什么事。

裘　　那么让它躺在地上，留给相干的人吧。

露　　小姐，它对相干的人是不会说诳的，除非它给人家误会了。

裘　　是你的什么情人寄给你的情诗吗？

露　　小姐，要是您愿意给它谱上一个调子，我可以把它
　　　唱起来。

裘　　我可没有心思干那种顽意儿。

露　　您别把它太看轻了；您要是唱起来，一定是怪缠绵
　　　婉转的呢。

裘　　那么你为什么不唱？

露　　它是要留给知音的人的，我可不配。

裘　　我倒要瞧瞧你的歌儿。（取信）怎么，这贱丫头！

露　　您就这么唱起来吧；可是我想我不大喜欢这个调子。

裘　　你不喜欢？

露　　是，小姐，它高得太刺耳了。

裘　　这放肆的贱丫头！你再油嘴滑舌，我可不答应了。
　　　瞧谁再敢拿进这种不三不四的书信来！（撕信）给
　　　我出去，让这些纸头丢在地上；你把它们碰一碰我
　　　就要生气。

露　　她故意这样装模作样，其实心里巴不得人家再寄一
　　　封信来，好让她再发一次脾气。（下）

裘　　不，就是这一封信已经够使我心痛了！啊，这一双可

恨的手，忍心把这些可爱的字句撕成粉碎！就像残酷的黄蜂一样，刺死了蜜蜂而吮吸它的蜜。为了补赎我的罪愆，我要遍吻每一片碎纸。瞧，这里写着"仁慈的裘丽亚"；狠心的裘丽亚！我要惩罚你的薄情，把你的名字掷在砖石上，把你任情的践踏蹂躏。这里写着"受创于爱情的普洛丢斯"：疼人的受伤的名字！把我的胸口做你的眠床，养息到你的创痕完全平复吧，让我用起死回生的一吻吻在你的伤口上。这儿有两三次提着普洛丢斯的名字；风啊，请不要吹起来，好让我找到这封信里的每一个字；我单单不要看见我自己的名字，让一阵旋风把它卷到狰狞丑怪的岩石上，再把它打下波涛汹涌的海水中去吧！瞧，这儿有一句句子里两次提到他的名字："被遗弃的普洛丢斯，受制于爱情的普洛丢斯，给可爱的裘丽亚。"我要把裘丽亚的名字撕去；不，他把我们两人的名字配合得如此巧妙，我要把它们折叠在一起；现在你们可以放胆地相吻拥抱，彼此满足了。

【露瑟他重上。

露　小姐，饭已经预备好了，老爷在等着您。

裘　好，我们去吧。

露　怎么！让这些纸片丢在这儿，给人瞧见笑话吗?

裘　你要是这样关心着它们，那么还是把它们拾起来吧。

露　不，我可不愿再挨骂了；可是让它们躺在地上，也
　　许会受了寒的。

裘　你倒是怪爱惜它们的。

露　呃，小姐，随您怎样说吧；也许您以为我是瞎子，
　　可是我也生着眼睛呢。

裘　来，来，还不走吗? （同下）

第三场　同前；安东尼奥家中一室

【安东尼奥及潘底诺上。

安　　潘底诺，刚才我的兄弟跟你在走廊里谈些什么正经
　　　话儿？

潘　　他说起他的侄子，您的少爷普洛丢斯。

安　　噢，他怎么说呢？

潘　　他说他不懂您老爷为什么让少爷在家里消度他的青
　　　春；人家名望不及我们的，都把他们的儿子送到外
　　　面去找机会：有的投身军旅，博得一官半职；有的
　　　到远远的海岛上去探险发财；有的到大学校里去寻
　　　求高深的学问。他说普洛丢斯少爷也应该像他们一
　　　样到外面去走走；他叫我在您面前说起，请您不要
　　　让少爷老在家里游荡，年轻人不走走远路，对于他
　　　的前途是很有妨碍的。

安　　这倒不消你说得，我这一个月来就在考虑着这件事
　　　情。我也想到他这样蹉跎时间，的确不大好；他要
　　　是不在外面多经历经历世事，将来很难成为大用。

一个人的经验是要在刻苦中得到的，也只有岁月的磨炼能够使它成熟。那么照你看来，我最好叫他到什么地方去？

潘　　我想老爷大概还记得他有一个朋友，叫做伐伦泰因的，现在在公爵府中供职。

安　　不错，我知道。

潘　　我想老爷要是送他到那边去，那倒很好。他可以在那边练习些挥枪使剑，听听人家高雅优美的谈吐，和贵族们谈谈说说，还可以受到些适合于他的青春和家世的种种训练。

安　　你说得很对，你的意思很好，我很赞成你的建议；看吧，我马上就照你的话做去。我立刻就叫他到公爵的宫庭里去。

潘　　老爷，亚尔芳索大人和其余各位士绅明天就要动身去朝见公爵。

安　　那么普洛丢斯有了很好的同伴了。他应当立刻预备起来，跟他们同去。我们现在就要对他说。

【普洛丢斯上。

普　　甜蜜的爱情！甜蜜的字句！甜蜜的人生！这是她亲笔所写，表达着她的心情；这是她爱情的盟誓，她的荣誉的典质。啊，但愿我们的父亲赞同我们的相爱，为我们成全好事！啊，天仙一样的裘丽亚！

安　　喂，你在读谁寄来的信？

普　　禀父亲，这是伐伦泰因托他的朋友带来的一封问候的书信。

安　　把信给我，让我看看那边有什么消息。

普　　没有甚么消息，父亲。他就是说他在那边生活得如何快乐，公爵如何看得起他，每天和他见面；他希望我也和他在一起，分享他的幸运。

安　　那么你对于他的希望作何感想？

普　　他虽然是一片好心，我的行动却是要听您老人家指挥的。

安　　我的意思和他的希望差不多。你也不用因为我的突然的决定而吃惊，我要怎样，就是怎样，干脆一句话没有更动。我已经决定你应当到公爵宫庭里去，和伐伦泰因在一块儿过日子；他的亲族给他多少维持生活的费用，我也照样拨给你。明天你就要预备动身，不许有什么推托，我的意志是坚决的。

普　父亲，这么快我怎么来得及预备？请您让我延迟一两天吧。

安　听着，你要是缺少甚么，我马上就会寄给你。不用耽搁时间，明天你非去不可。来，潘底诺，你要给他收拾收拾东西，让他早些动身。（安、潘下）

普　我因为恐怕灼伤而躲过了火焰，不料却在海水中惨遭没顶。我不敢把裴丽亚的信给我父亲看，因为生恐他会责备我的恋爱；谁知道他却利用我的推托之词，给我的恋爱这样一记无情的猛击。唉！青春的恋爱就像阴晴不定的四月天气，太阳的光彩刚刚照耀大地，片刻间就遮上了黑沉沉的乌云一片！（下）

第二幕

爱情的力量当初使我信誓
旦旦，现在却又诱令我
干犯三重的寒盟大罪。

第一场　密兰；公爵府中一室

【伐伦泰因及史比特上。

史　　少爷，您的手套。（以手套给伐）

伐　　这不是我的；我的手套戴在手上。且慢！让我看。呃，
　　　把它给我，这是我的。天仙手上可爱的装饰物！啊
　　　雪尔薇亚！雪尔薇亚！

史　　（叫喊）雪尔薇亚小姐！雪尔薇亚小姐！

伐　　怎么，这狗才？

史　　她不在这里，少爷。

伐　　谁叫你喊她的？

史　　是您哪，少爷；难道又是我弄错了吗？

伐　　哼，你老是这么莽莽撞撞的。

史　　可是上次您却骂我太迟钝。

伐　　好了好了，我问你，你认识雪尔薇亚小姐吗？

史　　就是您爱着的那位小姐吗？

伐　　咦，你怎么知道我在恋爱？

史　　噢，我从各方面看出来的。第一，您学会了像普洛

丢斯少爷一样把手臂交叉在胸前，像一个满腹牢骚的人那种神气；听见了情歌您会出神，就像一头知更雀似的；欢喜一个人独自走路，好像一个害着瘟疫的人；老是唉声叹气，好像一个忘记了字母的小学生；动不动流起眼泪来，好像一个死了妈妈的小姑娘；见了饭吃不下去，好像一个节食的人；东张张西望望，好像担心着什么强盗；说起话来带着三分哭音，好像一个万灵节的叫化子。从前您可不是这个样子。您从前笑起来声震四座，好像一头公鸡报晓；走起路来挺胸凸肚，好像一头狮子；吃起东西来像狼吞虎咽；只有在没有钱用的时候才面带愁容。现在您被情人迷住了，您已经完全变了一个人，当我瞧着您的时候，我简直不相信您是我的主人了。

伐　你能够在我身上看出这一切来吗？

史　它们都可以从您外表上看得出来。这一种愚蠢盘据在您的心里，透了您的身体，无论谁一眼见了您，都像一个医生一样诊断得出您的病症来。

伐　可是我问你，你认识雪尔薇亚小姐吗？

史　就是在吃晚饭的时候您一眼不霎地望着的那位小

姐吗？

伐　　那也给你看见了吗？我说的就是她。

史　　噢，少爷，我不认识她。

伐　　你看见我望着她，怎么却又说不认识她？

史　　她不是长得很难看的吗，少爷？

伐　　她的面貌还不及她的心肠那么美。

史　　少爷，那个我知道。

伐　　你知道什么？

史　　她长得并不漂亮，不过您欢喜着她就是了。

伐　　我是说她的美貌是无比的，可是她的好心肠更不可
　　　限量。

史　　我说，少爷，她的美貌是装扮出来的，没有人以为
　　　她长得好看。

伐　　那么我呢？我是以为她很美的。

史　　可是她自从残废以后，您还没有看见过她。

伐　　她是几时残废的？

史　　自从您爱上她之后，她就已经残废了。

伐　　我第一次看见她的时候就爱上了她，可是我始终看
　　　见她是美丽的。

史　　您要是爱她，您就看不见她。

伐　　为什么？

史　　因为爱情是盲目的。唉！要是您有我的眼睛就好了！
　　　从前您看见普洛丢斯少爷忘记扣上袜带而讥笑他的
　　　时候，您的眼睛也是明亮的。

伐　　要是我的眼睛明亮便怎样？

史　　您就可以看见您自己的愚蠢和她的不堪领教的丑陋。
　　　普洛丢斯少爷因为恋爱的缘故，忘记扣上他的袜带；
　　　您现在因为恋爱的缘故，连袜子也忘记穿上了。

伐　　这样说来，那么你也是在恋爱了；因为今天早上你
　　　忘记了拭我的鞋子。

史　　不错，少爷，我正在恋爱着我的眠床，幸亏您把我
　　　摇醒了，所以我现在也敢大胆提醒提醒您不要太过
　　　迷恋了。

伐　　总而言之，我已经永远爱定了她。昨天晚上她请我
　　　代她写一封信给她所爱的一个人。

史　　您有没有写好？

伐　　我已经用心写好了。静些！她来了。

【雪尔薇亚上。

伐　　小姐，早安！

雪　　我的仆人伐伦泰因先生，早安！

伐　　您吩咐我写一封信给您的一位秘密的无名的朋友，
　　　我已经照办了。我很不愿意写这封信，但是您的旨
　　　意是不可违背的。（以信给雪）

雪　　谢谢你，好仆人。你写得很用心。

伐　　相信我，小姐，它是很不容易写的，因为我不知道
　　　受信的人究竟是谁，随便写去，不知道写得对不对。

雪　　也许你嫌这工作太烦难吗？

伐　　不，小姐，只要您用得着我，尽管吩咐我，就是一千
　　　封信我也愿意写，可是——

雪　　好一个可是！你的意思我猜得到。可是我不愿意说
　　　出名字来；可是即使说出来也没有甚么关系；可是
　　　把这信拿去吧；可是我谢谢你，以后从此不再麻烦
　　　你了。

伐　　这是什么意思？您不欢喜它吗？

雪　　不，不，信是写得很巧妙，可是你既然写的时候不
　　　大愿意，那么你就拿回去吧。嗯，你拿去吧。（还信）

伐　　小姐，这信是给您写的。

雪　　是的，那是我请你写的，可是，我现在不要了，就给了你吧。我希望它写得再动人一点。

伐　　那么请您许我另外写过一封吧。

雪　　好，你写过以后，就代我把它读一遍，要是你自己觉得满意，那就罢了；要是你自己觉得不满意，也就罢了。

伐　　要是我自己觉得满意，那便怎样？

雪　　要是你自己满意，那么就把这信给你作为酬劳吧。再见，仆人。（下）

史　　人家说，一个人看不见自己的鼻子，教堂屋顶上的风信标变幻莫测，这一个顽笑也开得玄妙神奇！求爱的人代人求爱，写信人变成了受信人自己。

伐　　怎么！你在说些甚么？

史　　我说，您变成了雪尔薇亚小姐的代言人了。

伐　　我代她向什么人传话？

史　　向您自己哪。她不是送给您一封情书了吗？

伐　　怎么，她又不曾写信给我。

史　　她何必自己动笔呢？您不是会替她代写的吗？咦，

您还没有懂得这个顽笑的用意吗？

伐　我可不懂。

史　您还不知道她已经把爱情的凭证给了您吗？

伐　除了责怪以外，她没有给我甚么呀。

史　真是！她不是给您一封信吗？

伐　那是我代她写给她的朋友的。

史　那封信现在已经送到了。

伐　我希望你没有猜错。

史　包在我身上，准没有差错。你写信给她，她因为害羞提不起笔，或者因为没有闲工夫，或者因为恐怕传书的人窥见了她的心事，所以她才教她的爱人代她答复他自己。这一套我早在书上看见过了。喂，少爷，您在想些什么？好吃饭了。

伐　我已经吃过了。

史　嗳呀，少爷，这个没有常性的爱情虽然可以喝空气过活，我可是非吃饭吃肉不可的。您可不要像您爱人那样忍心，求您发发慈悲吧！（同下）

第二场 维洛那；裘丽亚家中一室

【普洛丢斯及裘丽亚上。

普 请你忍耐着吧，好裘丽亚。

裘 没有办法，我也只好忍耐着了。

普 我如果有机会回来，我会立刻回来的。

裘 你只要不变心，回来的日子是不会远的。请你保留
着这个，常常想起你的裘丽亚吧。（给他戒指）

普 我们彼此交换，你把这个拿去吧。（给她另一个戒指）

裘 让我们用神圣的一吻永固我们的盟誓。

普 我举手宣誓我的不变的忠诚。裘丽亚，要是我在那
一天那一个时辰里，不曾为了你而叹息，那么在下
一个时辰里，让不幸的灾祸来惩责我的薄情吧！我
的父亲在等着我，你不用回答我了。潮水已经升起，
船就要开了；不，我不是说你的泪潮，那是会留住
了我，使我误了行期的。裘丽亚，再会吧！（裘下）
啊，一句话也不说就去了吗？是的，真爱情是不能
用言语表达的，行为才是忠心的最好的说明。

【潘底诺上。

潘　　普洛丢斯少爷，他们在等着您哩。

普　　好，我就来，我就来。唉！这一场分别啊，真叫人满怀愁绪难宣。（同下）

第三场 同前；街道

【朗斯牵犬上。

朗　哎哟，我到现在才哭好呢，咱们朗斯一族里的人都有这个心肠太软的毛病。我像圣经上的浪子一样，派到了我的一份家产，现在要跟着普洛丢斯少爷上京城里去。我想我的狗克来勃是最狠心的一条狗。我的妈眼泪直流，我的爸涕泗横流，我的妹妹放声大哭，我家的丫头也嚎啕喊叫，就是我们养的猫儿也悲伤得乱搓两手，一份人家弄得七零八乱，可是这条狠心的恶狗却不流一点泪儿。他是一块石头，像一条狗一样没有心肝；就是犹太人，看见我们分别的情形，也会禁不住流泪的；看我的老祖母吧，她眼睛早已盲了，可是因为我要离家远行，也把她的眼睛都哭瞎了呢。我可以把我们分别的情形扮给你们看。这只鞋子算是我的父亲；不，这只左脚的鞋子是我的父亲；不，不，这只左脚的鞋子是我的母亲；不，那也不对。——哦，不错，对了，这只鞋子底已经破了，它已经穿了一个洞，它就算是我的母亲；这一只是我的父亲。他妈的！就是这样。这一根棒是我的妹妹，因为她就像百合花一样的白，像一根棒那样的瘦小。这一顶帽子是我家的丫头阿南。我就算是狗；不，狗是他自己，我是狗——哦，狗是我，我是我自己。对了，就是这样。现在我走到我父亲跟前："爸爸，请你祝福我"；现在这只鞋子就要哭得说不出一句话来；然后我就要吻我的父亲，他还是哭个不停。现在我再走到我的母亲跟前；唉！我希望她现在能够像一个木头人一样开起口来！我就是这么吻了她，她的一口气这么喘上喘下的。现在我要到我妹妹跟前，你瞧她哭得多么伤心！可是这条狗站在旁边，瞧着我一把一把眼泪挥在地上，却始终不流一点泪也不说一句话。

【潘底诺上。

潘　　朗斯，快走，快走，好上船了！你的主人已经登船，你就住在舱后吧。什么事？这家伙，怎么哭起来了？

　　去吧，蠢货！你再耽搁下去，潮水要退下去了。

朗　　这条狗这么狠心，我就把它丢了也罢。

潘　　呸，这家伙！我说，潮水要是退下去，你就要失去
　　　这次航行；失去这次航行，你就要失去你的主人；
　　　失去了你的主人，你就要失去了你的工作；失去了
　　　你的工作，——你干么按住我的嘴？

朗　　我怕你会失去你的舌头。我对你说吧，要是河水干
　　　了，我会用眼泪把它灌满；要是风势低了，我会用
　　　叹息把船只吹送。

潘　　来吧，来吧，还不走吗？

朗　　好，走就走。（同下）

第四场 密兰；公爵府中一室

【伐伦泰因，雪尔薇亚，修里奥，史比特上。

雪　　仆人！

伐　　小姐？

史　　少爷，修里奥大爷在向您怒目而视呢。

伐　　嗯，那是为了爱情的缘故。

雪　　仆人，你心里不高兴吗？

伐　　是的，小姐，我好像不大高兴。

修　　好像不大高兴，其实还是很高兴吗？

伐　　也许是的。

修　　原来是装腔作势。

伐　　你也是一样。

修　　我装些什么腔？

伐　　你瞧上去还像个聪明人。

修　　你凭什么证明我不是个聪明人？

伐　　就凭你的愚蠢。

修　　什么？

雪　　唉，生气了吗，修里奥？瞧你脸色变成这样子！

伐　　让他去，小姐，他是头善变的蜥蜴。

修　　这头蜥蜴可要喝你的血，它不愿意和你共戴一天。

伐　　你说得很好。

修　　现在我可不同你多讲话了。

伐　　我早就知道你总是未开场先结束的。

修　　伐伦泰因，你要是跟我斗嘴，我会说得你哑口无言的。

伐　　我知道尊驾有一个专门管理言语出入的账房，在你
　　　手下的人，都用空言代替工钱；从他们寒伧的装束
　　　上，就可以看出他们是靠着你的空言过活的。

雪　　两位别说下去了，我的父亲来啦。

【公爵上。

公爵　雪尔薇亚，你给他们两位包围起来了吗？伐伦泰因，
　　　你的父亲身体很好；你家里有信来，带来了许多好
　　　消息，你要不要我告诉你？

伐　　殿下，我愿意洗耳恭听。

公爵　你认识你的同乡中有一位安东尼奥吗？

伐　　是，殿下，我知道他是一位德高望重的士绅。

公爵　他不是有一个儿子吗？

伐　　是，殿下，他有一个克绍箕裘的贤嗣。

公爵　你和他很熟悉吗？

伐　　我知道他就像知道我自己一样，因为我们从小便是
　　　　在一起同游同学的。我虽然因为习于游惰，不肯用
　　　　心上进，可是普洛丢斯——那是他的名字——却不
　　　　曾把他的青春蹉跎过去。他是少年老成，虽然涉世
　　　　未深，识见却超人一等；他的种种好处，我一时也
　　　　称赞不尽。总而言之，他的品貌才学，都是尽善尽美，
　　　　凡是上流人所应有的美德，他身上都是完全具备的。

公爵　真的吗？要是他真是这样好法，那么他是值得一个
　　　　皇后的眷爱，适宜于充任一个帝皇的辅弼的。现在
　　　　他已经到我们这儿来了，许多大人物都有信来给他
　　　　吹嘘。他预备在这儿耽搁一些时候，我想你一定很
　　　　高兴听见这消息吧。

伐　　那真是我求之不得的。

公爵　那么你就准备着欢迎他吧。雪尔薇亚，我有话要对
　　　　你说；修里奥，我也要对你说几句话。伐伦泰因就请

在这儿稍待片刻，我就去叫你的朋友来和你相见。（下）

伐　　这就是我对您说起过的那个朋友；他本来是要跟我一起来的，可是他的眼睛给他情人的晶莹的盼睐摄住了，所以走不脱身。

雪　　大概现在她已经释放了他，另外有人向她奉献他的忠诚了。

伐　　不，我相信他仍旧是她的俘虏。

雪　　他既然还在恋爱，那么他就应该是盲目的；他既然盲目，怎么能够迢迢而来，找到了你的所在呢？

伐　　小姐，爱情是有二十对眼睛的。

修　　他们说爱情不生眼睛。

伐　　爱情没有眼睛来看见像你这样的情人；对于丑陋的事物，它是会闭目不视的。

雪　　算了，算了。客人来了。

【普洛丢斯上。

伐　　欢迎，亲爱的普洛丢斯！小姐，请您用特殊的礼遇欢迎他吧。

雪　要是这位就是你时常念念不忘的好朋友，那么凭着他的才德，一定会得到竭诚的欢迎的。

伐　这就是他。小姐，请您接纳了他，让他同我一样做您的仆人。

雪　这样高贵的仆人，伺候这样卑微的女主人，未免太屈尊了。

普　那里的话，好小姐，草野贱士，能够在这样一位卓越的贵人之前亲聆謦咳，实在是三生有幸。

伐　大家不用谦虚了。好小姐，请您收容他做您的仆人吧。

普　我将以能够奉侍左右，勉效奔走之劳，作为我最大的光荣。

雪　尽职的人必能得到酬报。仆人，一个庸愚的女主人欢迎着你。

【一仆人上。

仆　小姐，老爷叫您去说话。

雪　我就来。（仆下）来，修里奥，咱们一块儿去。新来的仆人，我再向你说一声欢迎。现在我让你们两人畅叙家常，等会儿我们再谈吧。

普 我们两人都随时等候着您的使唤。（雪、修、史同下）

伐 现在告诉我，家乡的一切情形怎样？

普 你的亲友们都很安好，他们都叫我望望你。

伐 你的亲友们呢？

普 我离开他们的时候，他们也都很康健。

伐 你的爱人怎样？你们的恋爱进行得怎么样了？

普 我的恋爱故事是向来会使你厌倦的，我知道你不爱
听这种儿女私情。

伐 可是现在我的生活已经改变过来了；我正在忏悔我
自己从前对于爱情的轻视，它的至高无上的威权，
正在用痛苦的绝食，悔罪的呻吟，夜晚的哭泣和白
昼的叹息惩罚着我。为了报复我从前对它的侮蔑，
爱情已经从我被蛊惑的眼睛中驱走了睡眠，使它们
永远注视着我自己心底的忧伤。啊，普洛丢斯！爱
情是一个有绝大威权的君王，我已经在他面前甘心
臣服，他的惩罚使我甘之如饴，为他服役是世间最
大的快乐。现在我除了关于恋爱方面的谈话以外，
什么都不要听；单单提起爱情的名字，便可以代替

了我的三餐一宿。

普　够了，我在你的眼睛里可以读出你的命运来。你所
　　膜拜的偶像就是她吗？

伐　就是她。她不是一个天上的神仙吗？

普　不，她是一个地上的美人。

伐　她是神圣的。

普　我不愿谄媚她。

伐　为了我的缘故谄媚她吧，因为爱情是喜欢听人家恭
　　维的。

普　当我有病的时候，你给我苦味的丸药，现在我也要
　　以其人之道还治其人之身。

伐　那么就说老实话吧，她即使不是神圣，也是并世无
　　双的魁首，她是世间一切有生之伦的女皇。

普　除了我的爱人以外。

伐　不，没有例外，除非你有意诽毁我的爱人。

普　我没有理由喜爱我自己的爱人吗？

伐　我也愿意帮助你喜爱她：她可以得到这样隆重的光
　　荣，为我的爱人捧持衣裾，免得卑贱的泥土偷吻她
　　的裙角；它在得到这样意外的幸运之余，会变得骄

傲起来，不肯再去滋养盛夏的花卉，使苛酷的寒冬
永驻人间。

普 哎呀，伐伦泰因，你简直在信口乱吹。

伐 原谅我，普洛丢斯，我的一切赞美之词，对她都毫
无用处；她的本身的美点，就可以使其他一切美人
黯然失色。她是独一无二的。

普 那么你不要作非分之想吧。

伐 什么也不能禁止我的爱她。告诉你吧，老兄，她是
属于我的；我有了这样一宗珍宝，就像是二十个大
海的主人，它的每一粒泥沙都是珠玉，每一滴海水
都是天上的琼浆，每一块石子都是纯粹的黄金。不
要因为我从来不曾梦到过你而见怪，因为你已经看
见我是怎样倾心于我的恋人。我那愚骏的情敌，她
的父亲因为他雄于财产而看中了他，刚才和她一同
去了，我现在必须追上他们，因为你知道爱情是充
满着嫉妒的。

普 可是她也爱你吗？

伐 是的，我们已经互许终身了；而且我们已经约好设
计私奔，结婚的时间也已定当。我先用绳梯爬上她

的窗口，把她接了出来，各种手续程序都已完全安排好了。好普洛丢斯，跟我到我的寓所去，我还要请你在这种事情上多多指教呢。

普　你先去吧，你的寓所我会打听得到的。我还要到码头上去，拿一点必需的用品，然后我就来看你。

伐　那么你赶快一点吧。

普　好的。（伐下）正像一阵更大的热焰压盖住原来的热焰，一枚大钉敲落了小钉，我的旧日的恋情，也因为一个新的对象而完全冷忘了。是我的眼睛在作祟吗？还是因为伐伦泰因把她说得天花乱坠？还是她的真正的完美使我心醉？或者是我的见异思迁的罪恶，使我全然失去了理智？她是美丽的，我所爱的裘丽亚也是美丽的；可是我对于裘丽亚的爱已经成为过去了，那一段恋情，就像投入火中的蜡像，已经全然镕解，不留一点原来的痕迹。好像我对于伐伦泰因的友谊已经突然冷淡，我不再像从前那样喜爱他了；啊，这是因为我太过于爱他的爱人了，所以我才对他毫无好感。我这样不加思索地爱上了她，如果跟她相知渐深之后，更将怎样为她倾倒？

我现在看见的只是她的外相，可是那已经使我的理智的灵光晕眩不定，那么当我在看到她内心的美好时，我一定要变成盲目了。我要尽力克制我的罪恶的恋情；否则就得设计赢取她的芳心。（下）

第五场 同前；街道

【史比特及朗斯上。

史　　朗斯，凭着我的良心起誓，欢迎你到密兰来！

朗　　别胡乱起誓了，好孩子，没有人会欢迎我的。一个人没有吊死，总还有命；要是酒账未付，老板娘没有笑逐颜开，也谈不到欢迎两个字。

史　　来吧，你这疯子，我就请你上酒店去，那边你可以用五辨士去买到五千个欢迎。可是我问你，你家主人跟裴丽亚小姐是怎样分别的？

朗　　呃，他们热烈地山盟海誓之后，就这样开顽笑似的分别了。

史　　她将要嫁给他吗？

朗　　不。

史　　怎么？他将要娶她吗？

朗　　也是个不。

史　　咦，他们破裂了吗？

朗　　不，他们两人都是完完整整的。

史　　那么究竟是怎么一回事呀?

朗　　是这么的,要是他没有什么问题,她也没有什么
　　　问题。

史　　你真是头蠢驴!我不懂你的话。

朗　　你真是块木头,话都听不懂。

史　　老实对我说吧,这头婚姻成不成?

朗　　问我的狗好了:他要是说是,那就是成;他要是说不,
　　　那也是成;他要是摇摇尾巴不说话,那也还是成。

史　　总而言之,一定成功。可是朗斯,我的主人现在也
　　　变成一个大情人了。

朗　　让他去在爱情里烧死了吧,那不干我的事。你要是
　　　愿意陪我上酒店去,很好;不然的话,你就是一个
　　　希伯来人,一个犹太人,不配称为一个基督徒。

史　　为什么?

朗　　因为你连请一个基督徒喝杯酒儿的博爱精神都没有。
　　　你去不去?

史　　遵命。(同下)

第六场　同前；公爵府中一室

【普洛丢斯上。

普　舍弃我的裘丽亚，我就要违背了盟誓；恋爱美丽的
　　　雪尔薇亚，我也要违背了盟誓；中伤我的朋友，尤
　　　其是违背了盟誓。爱情的力量当初使我信誓旦旦，
　　　现在却又诱令我干犯三重的寒盟大罪。动人灵机的
　　　爱情啊！你已经引诱我犯罪，现在教我怎样为自己
　　　辩解吧。我最初爱慕的是一颗闪烁的星星，如今崇
　　　拜的是一个中天的太阳；无心中许可的誓愿，可以
　　　有意把它毁弃不顾；只有没有智慧的人，才会迟疑
　　　于善恶二者间的选择。呸，呸，不敬的唇舌！她是
　　　你从前用二万遍以灵魂作证的盟言，甘心供她驱使
　　　的，现在怎么好把她加上恶名！我不能朝三暮四转
　　　爱他人，可是我已经变了心了；可是我现在所爱的，
　　　才是真正值得我爱的。我失去了裘丽亚，失去了伐
　　　伦泰因；要是我继续对他们忠实，我必须失去我自
　　　己。我失去了伐伦泰因，换来了我自己；失去了裘

丽亚，换来了雪尔薇亚：爱情永远是自私的，我自己当然比一个朋友更为宝贵，裴丽亚在天生丽质的雪尔薇亚相形之下，不过是一个黝黑的丑妇。我要忘记裴丽亚尚在人间，记着我对她的爱情已经死去；我要把伐伦泰因当作敌人，努力取得雪尔薇亚更甜蜜的友情。要是我不用些诡计破坏伐伦泰因，我就无法贯澈自己的心愿。今晚他要用绳梯爬上雪尔薇亚卧室的窗口，他不知道我是他的情敌，使我与闻了这个秘密。现在我就去把他们设计逃走的事情通知她的父亲；他在勃然大怒之下，一定会把伐伦泰因驱逐出境，因为他本来的意思是要把他的女儿下嫁给修里奥的。伐伦泰因一去之后，我就可以用些巧妙的计策，拦截修里奥迟钝的进展，爱神啊，你已经帮助我运筹划策，请你再借给我一副翅膀，让我赶快达到我的目的！（下）

第七场　维洛那；裘丽亚家中一室

【裘丽亚及露瑟他上。

裘　　给我出个主意吧，露瑟他好姑娘，你得帮帮我忙。你就像是一块石板一样，我的心事都清清楚楚地刻在上面；现在我用爱情的名义，请求你指教我，告诉我有什么好法子让我到我那亲爱的普洛丢斯那里去，而不致出乖露丑。

露　　唉！这条路是悠长而累人的。

裘　　一个虔诚的巡礼者用他的软弱的脚步跋涉过万水千山，是不会觉得疲乏的；一个借着爱神之翼的女子，当她飞向像普洛丢斯那样亲爱那样美好的爱人怀中去的时候，尤其不会觉得路途的艰远。

露　　还是不必多此一举，等候着普洛丢斯回来吧。

裘　　啊，你不知道他的目光是我灵魂的滋养吗？我在饥荒中因渴慕而憔悴，已经好久了。你要是知道一个人在恋爱中的内心的感觉，你就会明白用空言来压遏爱情的火焰，正像雪中取火一般无益。

露　　我并不是要压住您的爱情的烈焰，可是这把火不能
　　　够让它燃烧得过于炽盛，那是会把理智的藩篱完全
　　　烧去的。

裘　　你越是把它遏制，它越是燃烧得利害。汩汩的轻流
　　　如果遭遇障碍就会激成怒湍；可是它的路程倘使顺
　　　流无阻，它就会在光润的石子上弹奏柔和的音乐，
　　　轻轻地吻着每一根在它巡礼途中的芦苇，用着这样
　　　游戏的心情，经过了许多曲折的路程，而到了辽阔
　　　的海洋。所以让我去，不要阻止我吧；我会像一道
　　　耐心的轻流一样，忘怀长途跋涉的辛苦，一步步挨
　　　到了爱人的门前，然后我就可以得到休息。就像一
　　　个有福的灵魂，在经历无数的磨折以后，永息在幸
　　　福的天国里一样。

露　　可是您在路上应该怎样打扮呢？

裘　　为了避免轻狂男子的调戏，我要男装起来。好露瑟
　　　他，给我找一套合身的衣服来，使我穿扮起来就像
　　　个良家少年一样。

露　　那么，小姐，您的头发不是要剪短了吗？

裘　　不，我要用丝线把它扎起来，扎成各种花样的同心

结。装束得炫奇一点，人家会以为我是一个有钱人家的子弟。

露　　小姐，您的裤子要裁成甚么式样的？

裘　　你这样问我，就像人家问，"老爷，您的裙子围圆要多少大"一样。露瑟他，你看怎样好就怎样做就是了。可是告诉我，我这样冒险远行以后，世人将要怎样批评我？我怕他们都要说我的坏话呢。

露　　既然如此，那么住在家里不要去吧。

裘　　不，那我可不愿。

露　　那么不要管人家说坏话，要去就去吧。要是普洛丢斯看见您来了很欢喜，那么别人赞成不赞成您去又有什么关系？可是我怕他不见得会怎样高兴的吧。

裘　　那我可一点不担心；一千遍的盟誓，海洋一样的眼泪，以及爱情无限的证据，都向我保证我的普洛丢斯一定会欢迎我。

露　　什么盟誓眼泪，都不过是假心的男子们的工具。

裘　　卑贱的男人才会把它们用来骗人；可是普洛丢斯有一颗生就的忠心，他的说话永无变更，他的盟誓等于天诰，他的爱情是真诚的，他的思想是纯洁的，

他的眼泪出自衷心，诈欺沾不进他的心肠，就像霄

壤一样不能相合。

露   但愿您看见他的时候，他还是像您所说的一样！

裳   你要是爱我的话，请你不要怀疑他的忠心；你也应

当像我一样爱他，我才欢喜你。现在你快跟我进房

去，把我在旅途中所需要的物件检点一下。我所有

的东西，我的土地财产，我的名誉，都一切归你支

配；我只要你赶快帮我收拾动身。来，别多说话了，

赶快！我心里是急得什么似的。（同下）

第三幕

称赞恭维是讨好女人的秘诀；尽管她生得又黑又丑，你不妨说她是天仙化人。

第一场　密兰；公爵府中应接室

【公爵，修里奥，及普洛丢斯上。

公爵　　修里奥，请你让我们两人说句话儿，我们有点秘密
　　　　的事情要商议一下。（修下）现在告诉我吧，普洛
　　　　丢斯，你要对我说些什么话？

普　　　殿下，按照朋友的情分而论，我本来不应该把这件
　　　　事情告诉您；可是我想起像我这样无德无能的人，
　　　　多蒙殿下恩宠有加，倘使这次知而不报，在责任上
　　　　实在说不过去；虽然如果换了别人，无论多少世间
　　　　的财富，都不能诱我开口的。殿下，您要知道在今
　　　　天晚上，我的朋友伐伦泰因想要把令嫒劫走，他曾
　　　　经把他的计划告诉我。我知道您已经决定把她嫁给
　　　　修里奥，令嫒对这个人是不大满意的；现在假如她
　　　　跟伐伦泰因逃走了，那对于您这样年纪的人一定是
　　　　一个重大的打击。所以我为了责任所迫，宁愿破坏
　　　　我的朋友的计谋，却不愿代他隐瞒起来，免得您因
　　　　为事出不意，而气恼坏了您的身子。

公爵 普洛丢斯，多谢你这样关切着我；我活着一天，一定会补报你的。他们虽然当我在睡梦之中，可是我早就看出他们两人之间的恋爱；我也常常想禁止伐伦泰因和她亲近，或是不许他到我的宫庭里来，可是因为我不愿操切从事，生恐我的猜疑并非事实，反倒错怪了好人，所以仍旧照样待之以礼，慢慢看出他的举止用心来。我知道年轻人血气未定，易受诱惑，早就防范到这一步，每天晚上我叫她睡在阁上，她房间的钥匙由我亲自保管，所以别人是没有法子把她偷走的。

普 殿下，他们已经想出了一个法子，他预备用绳梯爬上她的窗口，把她从窗里接了下来。他现在去拿绳梯去了，等会儿就会经过这里，您要是愿意的话，就可以拦住问他。可是殿下，您盘问他的时候话要说得巧妙一点，别让他知道是我走了风，因为我这样报告您，只是出于我对您的忠诚，不是因为对我的朋友有什么过不起的地方。

公爵 我用名誉为誓，他不会知道我是从你地方知道这消息的。

普   再会，殿下，伐伦泰因就要来了。（下）

【伐伦泰因上。

公爵   伐伦泰因，你这么急急的要到那儿去？

伐   禀殿下，有一个寄书人在外面，等着我把信交给他寄给我的朋友们。

公爵   是很重要的信吗？

伐   不过告诉他们我在殿下这儿很好很快乐而已。

公爵   那没甚么要紧，陪着我谈谈吧。我要告诉你一些我的切身的事情，你可不要对外面的人说。你知道我曾经想把我的女儿许给我的朋友修里奥。

伐   那我很知道，殿下，这头亲事要是成功，那的确是门当户对；而且这位先生品行又好，又慷慨，又有才学，令嫒配给他真是再好没有。殿下不能够叫她也欢喜他吗？

公爵   就是这么说。这孩子脾气坏，没有规矩，瞧不起人，又不听话又固执，一点不懂得孝道；她忘记了她是我的女儿，也不把我当一个父亲那样敬惧。不瞒你说，她这样忤逆，使我对于她的爱也完全消失了。我本来想像我这样年纪的人，有这么一个女儿承欢膝下，也可以娱此余生；现在事与愿违，我已经决定再娶一房妻室；至于我这女儿，谁要她便送给他，她的美貌就是她的嫁奁，因为她既然瞧不起我，当然也不把我的财产放在心上的。

伐　关于这件事情，殿下有什么要吩咐我做的？

公爵　在这儿维洛那地方，我看中了一位姑娘；可是她很贞静幽娴，我这老头子说的话是打不动她的心的。我已经老早忘记了求婚的那一套法子，而且现在时世也已经不同了，所以我现在要请你教导教导我，怎样才可以使她那太阳一样明亮的眼睛眷顾到我。

伐　她要是不爱听空话，那么就用礼物去博她的欢心；无言的珠宝比之流利的言辞，往往更能打动女人的心肠。

公爵　我也曾经送过礼物给她，可是她一点不看重它。

伐　女人有时在表面上装作不以为意，其实心里是万分欢喜的。你应当继续把礼物送去给她，切不可灰心；起先的冷淡，将会使以后的恋爱更加热烈。她要是向你假意生嗔，那不是因为她讨厌你，而是因为她希望你更加爱她。她要是骂你，那不是因为她要你离开她，你要是真的走开了，那才是一个大傻瓜。无论她怎么说，你总不要后退，因为她嘴里叫你去，实在并不是要你去。称赞恭维是讨好女人的秘诀；尽管她生得又黑又丑，你不妨说她是天仙化人。一个男人生着三寸不烂之舌，要是说服不了一个女人，那还算是什么男人！

公爵　可是我所说起的那位姑娘，已经由她的亲族们许配给一个年轻的绅士了。她家里门户森严，任何男人在白天走不进去。

伐　　那么要是我就在夜里去见她。

公爵　可是门户密闭，没有钥匙，在夜里更走不进去。

伐　　门里走不进去，不是可以打窗里进去的吗？

公爵　她的寝室在很高的楼上，要是爬上去，准有生命之虞。

伐　　那么你只要找一付轻便的绳梯，用一对铁钩把它抛到屋顶上，就可以上去会你的情人了。

公爵　请你告诉我什么地方可以得到这种梯子。

伐　　你什么时候要用？请你告诉我。

公爵　我今夜就要；因为恋爱就像小孩一样，想要什么东西就巴不得立刻就有。

伐　七点钟我可以给你弄到这么一付梯子来。

公爵　可是我想一个人去看她，这付梯子怎么带去呢？

伐　那是很轻便的，你可以把它藏在外套里面。

公爵　像你这样长的外套藏得下吗？

伐　可以藏得下。

公爵　那么让我穿穿你的外套看；我要照这尺寸另外做一件。

伐　啊，殿下，随便什么外套都一样可用的。

公爵　外套应当怎样穿法才对？请你让我试穿一下吧。

　　（扯开伐伦泰因的外套）这封是什么信？上面写着的是什么？——给雪尔薇亚！这儿还有我所需要的工具！恕我这回无礼，把这封信拆开了。

　　"相思夜夜飞，飞绕情人侧；

　　身无彩凤翼，无由见颜色。

　　灵犀虽可通，室迩人常遐，

　　空有梦魂驰，漫漫怨长夜！"

　　这儿还写着什么？"雪尔薇亚，请于夕偕遁。"原来如此，这就是你预备好的梯子！哼，好一副偷天换日的本领！你因为看见星星向你闪耀，就想上去把它们采摘吗？去，你这妄图非分的小人，放肆无礼的奴才！向你的同类们去胁肩谄笑吧！不要以为你自己有甚么了不起的地方，我因为不屑和你计较，才叫你立刻离开此地，不来过分为难你。我从前已经给过你太多的恩惠，现在就向你再开一次恩吧。可是你假如不立刻收拾动身，在我的领土里面多停留一刻功夫，哼！那时我发起怒来，可什么都不管了。快去！我不要听你无益的辩解；你要是看重你的生命，给我立刻走吧。（下）

伐　　与其活着受煎熬，何不一死了事？死不过是把自己放逐出自己的躯壳以外；雪尔薇亚已经和我合成一体，离开她就是离开我自己，这不是和死同样的刑罚吗？看不见雪尔薇亚，世上还有什么光明？没有雪尔薇亚在一起，世上还有什么乐趣？我只好闭上眼睛假想她在旁边，用这样美好的幻影寻求片刻的陶醉。除非夜间有雪尔薇亚陪着我，夜莺的歌唱只是不入耳的噪音；除非白天有雪尔薇亚在我的面前，

第三幕·59

否则我的生命将是一个不见天日的长夜。她是我生
命的精华，我要是不能在她的煦护拂庇之下滋养我
的生机，就要干枯憔悴而死。倘使我能逃过他这可
怕的判决，我将面临死亡而无所恐惧；因为我留在
这儿，结果也不过一死，可是离开了这儿，就是离
开了生命所寄托的一切。

【普洛丢斯及朗斯上。

普　　快跑，小子！跑，跑，把他找出来。

朗　　喂！喂！

普　　你看见什么？

朗　　我们所要找的那个人；他头上每一根头发都是伐伦
　　　泰因。

普　　是伐伦泰因吗？

伐　　不是。

普　　那么是谁？他的鬼吗？

伐　　也不是。

普　　那么你是什么？

伐　我不是什么。

朗　那么你怎么会说话呢？少爷，我打他好不好？

普　你要打谁？

朗　不打谁。

普　狗才，住手。

朗　唷，少爷！我打的不是什么呀。

普　我叫你不许放肆。——伐伦泰因，我的朋友，让我
　　跟你讲句话儿。

伐　我的耳朵里满是坏消息，现在就是有好消息也听不
　　见了。

普　那么我还是把我所要说的话埋葬在无言的沉默里
　　吧，因为它们是刺耳而不愉快的。

伐　难道是雪尔薇亚死了吗？

普　没有，伐伦泰因。

伐　没有伐伦泰因，不错，神圣的雪尔薇亚已经没有她
　　的伐伦泰因了！难道是她把我遗弃了吗？

普　没有，伐伦泰因。

伐　没有伐伦泰因，她要是把我遗弃了，世上自然再没
　　有伐伦泰因这个人了！那么你有些甚么消息？

朗　伐伦泰因少爷，外面贴着告示把您驱逐出境呢。

普　是的，那就是我要告诉你的消息，你必须离开这里，
离开雪尔薇亚，离开我，你的朋友。

伐　唉！我已经充满了忧伤，太多的恶消息，将使我噎
塞而死。雪尔薇亚知道我已经被放逐了吗？

普　是的，她听见这个判决以后，曾经流过无数珍珠溶
化成的眼泪，在她凶狠的父亲脚下，她跪下苦苦哀
求，她那皎洁的纤手，好像因为悲哀而化为惨白，
在她的胸前搓绞着；可是跪地的双膝，高举的玉手，
悲伤的叹息，痛苦的呻吟，银色的泪珠，都不能感
动她那冥顽不灵的父亲，他坚持着伐伦泰因倘在密
兰境内被捕，就必须把他处死；而且当她在恳求他
收回成命的时候，他因为她的多事而大为震怒，竟
把她关禁起来，恫吓着她要把她终身幽锢。

伐　别说下去了，除非你的下一句话能够致我于死命，
那么我就请你轻声送进我的耳中，好让我能够从无
底的忧伤中获得解放，从此长眠不醒。

普　事已如此，悲伤也不中用，还是想个补救的办法吧；
只要静待时机，总有运命转移的一天。你要是停留

在此地，仍旧见不到你的爱人，而且你自己的生命也要保不住。希望是恋人们的唯一凭借，你不要灰心，尽管到远处去吧。虽然你自己不能到这里来，你仍旧可以随时通信，只要写明给我，我就可以把它转交到你爱人的乳白的胸前。现在时间已经很匆促，我不能多向你劝告，来，我送你出城，在路上我们还可以谈谈关于你的恋爱的一切。你即使不以你自己的安全为重，也应该为你的爱人着想；请你就跟着我走吧。

伐　　朗斯，你要是看见我那小子，叫他赶快在北城门口会我。

普　　去，狗才，快去找他。来，伐伦泰因。

伐　　啊我的亲爱的雪尔薇亚！倒霉的伐伦泰因！（伐、普同下）

朗　　瞧吧，我不过是一个傻瓜，可是我却知道我的主人不是个好人，这且不用去说它。没有人知道我也在恋爱了；可是我真的在恋爱了；可是几匹马也不能把这秘密从我嘴里拉了出来，我也决不告诉人我爱的是谁。不用说，那是一个女人；可是她是怎样一个女人，这我可连自己也不肯告诉的。总之她是一个挤牛乳的姑娘；她是不是处女我可不知道，因为有人在说她的闲话；可是她是个拿工钱给东家做事的女人。她的好处比水里的猎狗还多，这在一个基督徒可就不容易了。（取出一纸）这儿是一张清单，记载着她的种种情形。第一条，她可供奔走之劳，为人来往取物。啊，就是一头马也不过如此；不，马可供奔走之劳，却不能来往取物，所以她比一匹吊儿郎当的马好得多了。第二条，她会挤牛乳。听着，一个姑娘要是有着一双干净的手，这是一件很大的好处。

【史比特上。

史　喂，朗斯先生！您好？您在念些什么？

朗　白纸上的黑字。

史　让我也看看。

朗　呸，你这呆鸟！你又不识字。

史　谁说的？我怎么不识字？

朗　　那么我倒要考考你。告诉我，谁生下了你？

史　　呃，我的祖父的儿子。

朗　　哎哟，你这没有学问的浪荡货！你是你祖母的儿子生下来的。这就可见得你是个不识字的。

史　　好了，你才是个蠢货，不信让我念给你听。

朗　　好，拿去，圣尼哥拉斯①保佑你！

史　　第一条，她会挤牛乳。

朗　　是的，这是她的拿手本领。

史　　第二条，她会酿上好的麦酒。

朗　　所以有那么一句老古话，"你酿得好麦酒，上帝保佑你。"

史　　第三条，她会缝纫。第四条，她会编织。

朗　　有了这样一个女人，可不用担心袜子破了。

史　　第五条，她会揩拭抹洗。

朗　　妙极，这样我可以不用替她揩身抹脸了。

史　　第六条，她会织布。

朗　　这样我可以靠她织布维持生活，写写意意过日子了。

---

①圣尼哥拉斯（St.Nicholas），文士及盗贼之保护神。——译者注

史　　第七条，她有许多无名的美德。

朗　　正像私生子一样，因为不知谁是他的父亲，所以连
　　　　自己的姓名也不知道。

史　　下面是她的缺点。

朗　　紧接在她好处的后面。

史　　第一条，她的口气很臭，未吃饭前不可和她接吻。

朗　　嗯，这个缺点是很容易矫正过来的，只要吃过饭吻
　　　　她就是了。念下去。

史　　第二条，她喜欢吃糖食。

朗　　那可以掩盖住她的口臭。

史　　第三条，她常常睡梦里说话。

朗　　那没有关系，只要不在说话的时候打瞌睡就是了。

史　　第四条，她说起话来慢吞吞的。

朗　　他妈的！这怎么算是她的缺点？说话慢条斯理是女
　　　　人最大的美德。请你把这条涂去，把它改记到她的
　　　　好处里面。

史　　第五条，她很骄傲。

朗　　把这条也涂去了。女人是天生骄傲的，谁也把她无
　　　　可如何。

史　　第六条，她没有牙齿。

朗　　那我也不在乎，我就是爱啃面包皮的。

史　　第七条，她爱发脾气。

朗　　哦，她没有牙齿，不会咬人，这还不要紧。

史　　第八条，她欢喜不时喝杯酒儿。

朗　　是好酒她当然欢喜喝，就是她不喝我也要喝，好东
　　　西是人人欢喜的。

史　　第九条，她为人太随便。

朗　　她不会随便说话，因为上面已经写着她说起话来慢
　　　吞吞的；她也不会随便用钱，因为我会管牢她的钱
　　　袋；至于在另外的地方随随便便，那我也没有法子。
　　　好，念下去吧。

史　　第十条，她的头发比智慧多，她的错处比头发多，
　　　她的财富比错处多。

朗　　慢慢，听了这一条，我又想要她，又想不要她；你
　　　且给我再念一遍。

史　　她的头发比智慧多，——

朗　　这也许是的，我可以用譬喻证明：包盐的布袋比盐
　　　多，包住脑壳的头发也比智慧多，因为多的才可以

包住少的。下面怎么说?

史　她的错处比头发多，——

朗　那可糟透了! 哎哟，要是没有这句话多么好!

史　她的财富比错处多。

朗　啊，有这么一句，她的错处也变成好处了。好，我一定要娶她；要是这头亲事成功，天下没有不可能的事情，——

史　那么你便怎样?

朗　那么我就告诉你吧，你的主人在北城门口等你。

史　等我吗?

朗　等你! 嘿，你是什么人! 他才不会等你哩。

史　那么我一定要到他那边去吗?

朗　你非得奔去不可，因为你在这里耽搁了这么多的时候，跑去恐怕会来不及的。

史　你为甚么不早告诉我? 他妈的还念什么情书! （下）

朗　他擅自读我的信，现在可要挨一顿揍了。谁叫他不懂规矩，滥管人家的闲事。我倒要跟上前去，瞧瞧这狗头受些什么教训，也好让我痛快一番。（下）

第二场　同前；公爵府中一室

【公爵及修里奥上。

公爵　　修里奥，不要担心她不会爱你，现在伐伦泰因已经
　　　　不在她的眼前了。

修　　　自从他被逐以后，她格外讨厌我，不愿跟我在一起，
　　　　见了面就要骂我。现在我简直没有法子看见她。

公爵　　这一种爱情的脆弱的刻痕，像冰雪上的纹印一样，
　　　　片刻的热气，就把它溶化在水中而消灭了影踪。她
　　　　的凝冻的心思不久就会融解，那时她就会忘记了卑
　　　　贱的伐伦泰因。

【普洛丢斯上。

公爵　　啊，普洛丢斯！你的同乡有没有照我的命令离开
　　　　密兰？

普　　　他已经去了，殿下。

公爵　　我的女儿因为他去了很伤心呢。

普	殿下，过几天她的悲伤就会渐渐淡下去的。
公爵	我也是这样想，可是修里奥却不以为如此。普洛丢斯，我知道你为人可靠，现在我要跟你商量商量。
普	只要我活在世上一天，我对于殿下的忠心是永无变更的。
公爵	你知道我很想把修里奥和我的女儿配合成亲。
普	是，殿下。
公爵	我想你也不会不知道她是怎样违梗着我的意思。
普	那是当伐伦泰因在这儿的时候，殿下。
公爵	是的，可是她现在仍旧执迷不悟。我们怎样才可以叫这孩子忘记了伐伦泰因，转过心来爱修里奥？
普	最好的法子是散播关于伐伦泰因的坏话，说他心思不正，行为懦弱，出身寒贱，这三件是女人家听见了最恨的事情。
公爵	不错，可是她会以为这是人家故意造他的谣言中伤他。
普	是的，如果那种话是出之于他的仇敌之口的话。所以我们必须叫一个她所认为是他的朋友的人，用巧妙婉转的措辞去告诉她。

公爵　那么这件事就得有劳你了。

普　　殿下，那可是我最最不愿意做的事。本来这种事就
不是一个上流人所应该做的，何况又是说自己好朋
友的坏话。

公爵　你的忠言不曾使他得益，那么你对他的诽谤也未必
对他有什么害处，所以这件事其实是无所谓的，请
你瞧在我的面上勉为其难吧。

普　　殿下既然这么说，那么我也只好尽力效劳，使她不
再爱他。可是即使她因为听了我对于伐伦泰因所说
的坏话而断绝了她对他的痴心，那也不见得她就会
爱上修里奥。

修　　所以你在替她斩断情丝的时候，就得把她的情丝转
系到我的身上；你说了伐伦泰因怎样一句坏话，就
反过来说我怎样一句好话。

公爵　普洛丢斯，我们敢于信任你去干这件工作，因为我
们听见伐伦泰因说起过，知道你已经是一个爱神龛
前的忠实皈依者，不会见异思迁的，所以我们可以
放心让你和雪尔薇亚自由谈话。她现在心绪非常恶
劣，因为你是伐伦泰因的朋友，她一定高兴你去和

　　她谈谈，你就可以婉劝她割绝对伐伦泰因的爱情，来爱我的朋友。

普　　我一定尽我的力量办去。可是修里奥大人，您在恋爱上面的工夫还差一点儿，您该写几首缠绵凄恻的情诗，申说着您是怎样愿意为她鞠躬尽瘁，才可以固结住她对您的好感哩。

公爵　　对了，诗歌感人之力是非常深刻的。

普　　您可以说在她美貌的圣坛上，您愿意贡献您的眼泪，您的叹息，以及您的赤心。您要写到墨水干涸，然后再用眼泪润湿您的笔尖，写下几行动人的诗句，表明您的爱情是如何真诚。因为奥菲斯的琴弦①是用诗人的心肠作成的，它的金石之音足以使木石为之感动，猛虎听见了会帖耳驯服，巨大的海怪会离开了深不可测的海底，在沙滩上应声起舞。您在寄给她这种悲歌以后，便应该在晚间到她的窗下用柔和的乐器，一声声弹奏出心底的忧伤。黑夜的静寂

---

　　① 奥菲斯(Orpheus)，希腊传说中之古代诗人，得爱坡罗所授七弦琴，每一弹奏，能使猛兽詟伏，海波静流。——译者注

是适宜于这种温情的哀诉的，只有这样才能博取她的芳心。

公爵　你这样循循善诱，足见情场老手。

修　我今夜就照你的指教实行。普洛丢斯，我的好师傅，咱们一块儿到城里去访寻几位音乐的好手。我有一首现成的情诗在此，不妨先把它来试一下看。

公爵　那么你们立刻就去吧！

普　我们还要伺候殿下用过晚餐，然后再决定如何进行。

公爵　不，现在就去预备起来吧，我不会见怪你们的。

（同下）

第四幕

他因为爱她，所以厌弃我；我因为爱他，所以不能不可怜他。

第一场　密兰与维洛那之间的森林

【若干强盗上。

盗甲　弟兄们，站定，我看见有一个过路人来了。

盗乙　尽管来他十个二十个，大家不要胆小，上前去。

【伐伦泰因及史比特上。

盗丙　站住，老兄，把你的东西丢下来；倘有半个不字，
我们就要动手抄了。

史　少爷，咱们这回完了；这班人就是行路人最害怕的
那种家伙。

伐　列位朋友，——

盗甲　你错了，老兄，我们是你的仇敌。

盗乙　别嚷，听他怎么说。

盗丙　不错，我们要听听他怎么说，因为他瞧上去还像个
好人。

伐　不瞒列位说，我是一个命运不济的人，除了这一身

衣服以外，实在没有一点财物。列位要是一定要我把衣服脱下，那么我请你们一古脑儿拿去了吧。

盗乙　你要到那里去？

伐　到维洛那去。

盗甲　你是从那儿来的？

伐　密兰。

盗丙　你住在那面多久了？

伐　十六个月；倘不是恶运临到我身上，我也不会就离开密兰的。

盗乙　怎么，你是给他们驱逐出来的吗？

伐　是的。

盗乙　为了什么罪名？

伐　一提起这件事情，使我心里异常难过。我杀了一个人，现在觉得十分后悔；可是幸而他是我在一场争斗中杀死的，我并不曾用诡计阴谋加害于他。

盗甲　果然是这样，那么你也不必后悔。可是他们就是为了这么一件小小过失，把你驱逐出境吗？

伐　是的，他们给我这样的判决，我自己已经认为是一件幸事。

盗乙 你会讲各地方言吗？

伐 我因为在年轻时候就走远路，所以勉强会说几句。

盗丙 这个人叫他做咱们这一伙儿的首领，倒很不错哩。

盗甲 我们要收容他。弟兄们，讲句话儿。

史 少爷，您去和他们合伙吧；他们倒是一群光明磊落的强盗呢。

伐 别胡说，狗才！

盗乙 告诉我们，你现在有没有什么事情好做？

伐 没有，我现在悉听命运的支配。

盗丙 那么老实对你说吧，我们这一群里面也很有几个良家子弟，因为少年气盛，胡作胡为，被循规蹈矩的上流社会所摈斥。我自己也是维洛那人，因为想要劫走一位公爵近亲的贵家嗣女，所以才遭放逐。

盗乙 我因为一时气恼，把一位绅士刺死了，给他们从曼多亚赶走出来。

盗甲 我也是犯着和他们差不多的小罪。可是闲话少说，我们所以把我们的过失告诉你，因为要知道我们过这种犯法的生涯，也是不得已而出此；一方面我们也是见你长得一表人材，照你自己说来又会说各地方言，像你这样的人，倒是我们所需要的。

盗乙 而且尤其因为你也是一个被放逐之人，所以我们不愿与你为难。你愿不愿意做我们的首领？穷途落难，未始不可借此栖身，你就像我们一样生活在旷野里吧！

盗丙 你说怎么样？你愿意和我们同伙吗？你只要答应下来，我们就推戴你做首领，大家听从你的号令，把你尊为寨主。

盗甲 可是你倘不接受我们的好意，那你休想活命。

盗乙 我们决不放你活着回去向人家吹牛。

伐 我愿意接受列位的好意，和你们大家住在一起；可是我也有一个条件，你们不许侵犯无知的女人，也不许劫夺穷苦的旅客。

盗丙 不，我们一向不干这种卑劣的行为。来，跟我们去吧。我们要带你去见我们的合寨弟兄，把我们所得到的一切金银财宝都给你看，什么都由你支配，我们大家都愿意服从你。（同下）

第二场 密兰；公爵府中庭园

【普洛丢斯上。

普 我已经对伐伦泰因不忠实，现在又必须把修里奥欺诈；我假意替他吹嘘，实际却是为自己开辟求爱的门径。可是雪尔薇亚是太好，太贞洁，太神圣了，我的卑微的礼物是不能把她污渎的。当我向她申说不变的忠诚的时候，她责备我对朋友的无义；当我向她的美貌誓愿贡献我的一切的时候，她叫我想起被我所背盟遗弃的裘丽亚。她的每一句冷酷的讥刺，都可以使一个恋人心灰意懒；可是她越是不理我的爱，我越是像一头猎狗一样不愿放松她。现在修里奥来了；我们就要到她的窗下去，为她奏一支夜乐。

【修里奥及众乐师上。

修 啊，普洛丢斯！你已经一个人先溜来了吗？

普 是的，为爱情而奔走的人，当他嫌跑得不够快的时候，就会溜了过去的。

修　你说得不错；可是我希望你的爱情不是着落在这里吧？

普　不，我所爱的正在这里，否则我到这儿来干么？

修　谁？雪尔薇亚吗？

普　正是雪尔薇亚，我为了你而爱她。

修　多谢多谢。现在，各位，大家调起乐器来，用劲地吹奏吧。

【旅店主上，裘丽亚男装随后。

旅店主　我的小客人，你怎么这样闷闷不乐似的，请问你有什么心事呀？

裘　呃，老板，那是因为我快乐不起来。

旅店主　来，我要叫你快乐起来。让我带你到一处地方去，那边你可以听到音乐，也可以见到你所打听的那位绅士。

裘　可是我能够听见他说话吗？

旅店主　是的，你也可以听得见。

裘　　　那就是音乐了。（乐声起）

旅店主　　听！听！

裘　　　他也在这里面吗？

旅店主　　是的；可是你别闹，咱们听吧。

　　　　　歌

　　　　　雪尔薇亚伊何人，

　　　　　乃能颠倒众生心？

　　　　　神圣娇丽且聪明，

　　　　　天赋诸美萃一身，

　　　　　俾令举世诵其名。

　　　　　伊人颜色如花浓，

　　　　　伊人宅心如春柔；

　　　　　盈盈妙目启瞽矇，

　　　　　创平痍复相思瘳，

　　　　　寸心永驻眼梢头。

　　　　　弹琴为伊歌一曲，

　　　　　伊人美好世无伦；

尘世萧条苦寂寞，

唯伊灿耀如星辰；

穿花为束献佳人。

旅店主 怎么，你现在反而更加悲伤了吗？你怎么啦，孩子？这音乐不中你的意吧。

裘 您错了，我恼的是奏音乐的人。

旅店主 为什么，我的好孩子？

裘 因为他奏错了调子，老人家。

旅店主 怎么，他弹得不对吗？

裘 不是，可是他搅酸了我的心弦。

旅店主 你倒有一双知音的耳朵。

裘 唉！我希望我是个聋子；听了这种音乐，我的心也停止跳动了。

旅店主 我看你是不喜欢音乐的。

裘 一点不；可是这种音乐太刺耳了。

旅店主 听！现在又换了一个好听的调子了。

裘 嗯，我恼的就是这种变化无常。

旅店主 那么你情愿他们老是奏着一个调子吗？

裘 我希望一个人终生奏着一个调子。可是，老板，我们所说起的这位普洛丢斯常常到这位小姐这儿来吗？

旅店主　我听他的仆人朗斯告诉我，他爱她爱得甚么似的。

裘　朗斯在那儿？

旅店主　他去找他的狗去了；他的主人吩咐他明天把那狗送去给他的爱人。

裘　别说话，站开些，这一班人散开了。

普　修里奥，您放心好了，我一定给您婉转说情，您看我的手段吧。

修　那么咱们在什么地方会面？

普　在圣格列高雷井。

修　好，再见。（修及众乐师下）

【雪尔薇亚自上方窗口出现。

普　小姐，晚安。

雪　谢谢你们的音乐，诸位先生。说话的是那一位？

普　小姐，您要是知道我的纯洁的真心，您就会听得出我的声音。

雪　是普洛丢斯先生吧？

普　正是您的仆人普洛丢斯，好小姐。

雪　您来此有何见教？

普　我是为伺候您的旨意而来的。

雪　好吧，我就让你知道我的旨意，请你赶快回去睡觉吧。你这居心险恶背信无义之人！你曾经用你的誓言骗过不知多少人，现在你以为我也是这样容易受欺，想用你的甘言来引诱我吗？快点儿回去，设法补赎你对你爱人的罪愆吧。我凭着这苍白的月亮起誓，你的要求是我所绝对不愿允许的；为了你的非分的追求，我从心底里瞧不起你，现在我这样向你多说废话，回头我还要痛恨我自己呢。

普　亲爱的人儿，我承认我曾经爱过一位女郎，可是她现在已经死了。

裘　（旁白）一派胡言，她还没有下葬呢。

雪　就算她死了，你的朋友伐伦泰因还活着；你自己亲自作证我已经将身心许给他。现在你这样向我絮渎，你也不觉得愧对他吗？

普　我听说伐伦泰因也已经死了。

雪　那么你就算我也已经死了吧；你可以相信我的爱已

经埋葬在他的坟墓里。

普　好小姐，让我再把它发掘出来吧。

雪　到你爱人的坟上，去把她叫活转来吧；或者至少也
　　可以把你的爱和她埋葬在一起。

裘　（旁白）这种话他是听不进去的。

普　小姐，您既然这样心硬，那么请您允许把您卧室里
　　挂着的您那幅小像赏给我，安慰我这一片痴心吧。
　　我要每天对着它说话，向它叹息流泪；因为您的卓
　　越的本人既然爱着他人，那么我不过是一个影子，
　　只好向您的影子贡献我的真情了。

裘　（旁白）这画像倘使是一个真人，你一定也会有一
　　天欺骗她，把她像我一样当作一个影子。

雪　先生，我很不愿意被你当作偶像，可是你既然是一
　　个虚伪成性的人，那么让你去崇拜虚伪的影子，倒
　　也是于你很合适的。明儿早上你叫一个人来，我就
　　让他把它带给你。现在你可以去好好儿休息一下了。

普　正像不幸的人们终夜无眠，等候着清晨的处决一样。

　　（普、雪各下）

裘　老板，咱们也去吧。

旅店主　哎哟，我睡得好熟！

裘　　请问您，普洛丢斯耽搁在什么地方？

旅店主　就在我的店里。哎哟，现在快天亮了。

裘　　还没有哩；可是今夜啊，是我一生中最悠长最难挨

的一夜！（同下）

第三场　同前

【埃格来莫上。

埃　这是雪尔薇亚小姐约我去见她的时辰，她要差我做一件重要的事情。小姐！小姐！

【雪尔薇亚在窗口出现。

雪　是谁？

埃　是您的仆人和朋友，来听候您的使唤的。

雪　埃格来莫先生，早安！

埃　早安，尊贵的小姐！我遵照您的吩咐，一早到这儿来，不知道您要叫我做些什么事？

雪　啊，埃格来莫，你是一个正人君子，不要以为我在恭维你，我发誓我说的是真心话，你是一个勇敢、智慧、慈悲、能干的人。你知道我对于被放逐在外的伐伦泰因抱着怎样好感；你也知道我的父亲要强迫我嫁给我所憎厌的骄傲的修里奥。你自己也是恋

爱过来的，我曾经听你说过，没有一种悲哀比之你
真心的爱人死去那时候更使你心碎了，你已经对你
爱人的坟墓宣誓终身不娶。埃格来莫先生，我要到
曼多亚去找伐伦泰因，因为我听说他住在那边；可
是我担心路上不好走，想请你陪着我去，我是完全
相信你为人的可靠的。埃格来莫，不要用我父亲将
要发怒的话来劝阻我；请你想一想我的伤心，一个
女人的伤心吧；而且我的逃走是为要避免一头最不
合适的婚姻，它将会招致不幸的后果。我从我自己
充满了像海洋中沙砾那么多的忧伤的心底向你请
求，请你答应和我作伴同行；要是你不肯答应我，
那么也请你把我对你说过的话保守秘密，让我一个
人冒险前去吧。

埃　　小姐，我非常同情您的不幸；我知道您的用心是纯
洁的，所以我愿意陪着您去；我也管不了此去对于
我自己利害如何，但愿您能够遭遇一切的幸福。您
打算什么时候走？

雪　　今天晚上。

埃　　我在什么地方和您会面？

雪　　在伯特力克神父的庵院里，我想先在那边作一次忏

　　　悔礼拜。

埃　　我决不失约。再见，好小姐。

雪　　再见，善良的埃格来莫先生。（各下）

第四场 同前

【朗斯携犬上。

朗　　一个人不走时运，自己的仆人也会像恶狗一样反过来咬他一口。这畜生，我把他从小喂养长大；他的三四个兄弟姊妹们落下地来眼睛还没睁开便给人淹死了，是我把他救了出走。我辛辛苦苦地教导他，正像人家说的，教一条狗也不过如此。我的主人要我把他送给雪尔薇亚小姐，我一脚刚踏进膳厅的门，这作怪的东西就跳到砧板上把阉鸡腿衔去了。唉，一条狗当着众人面前，一点不懂规矩，那可真糟糕！倘不是我比他聪明几分，把他的过失认在自己身上，他早给人家吊死了。你们替我评评看，他是不是自己讨死？他在公爵食桌底下和三四条绅士模样的狗在一起，一下子就撒起尿来，满房间都是臭气。一位客人说，"这是那儿来的癞皮狗？"另外一个人说，"赶掉他！赶掉他！"第三个人说，"用鞭子把他抽出去！"公爵说，"把他吊死了吧。"我闻惯这种尿腥气，知道是克来勃干的事，连忙跑到打狗的人面前，说，"朋友您要打这狗吗？"他说，"是的。"我说，"那您可冤枉了他了，这尿是我撒的。"他就干脆把我一顿打赶了出来。天下有几个主人肯为他的仆人受这样的委屈？我可以对天发誓，我曾经因为他偷了人家的香肠而给人铐住了手脚，否则他早就一命呜呼了；我也曾因为他咬死了人家的鹅而颈上套枷，否则他也逃不了一顿打。你现在可全不记得这种事情了。嘿，我还记得在我向雪尔薇亚小姐告别的时候，你闹了怎样一场笑话。我不是关照过你，瞧我怎样做你也怎样做吗？几时你看见过我翘起一条腿来，当着一位小姐的裙边撒尿？你看见过我闹过这种笑话吗？

【普洛丢斯及裘丽亚男装上。

普　　你的名字叫瑟巴斯襄吗？我很欢喜你，就要差你做一件事情。

裘　　请您吩咐下来吧，我愿意尽力做去。

普　那很好。（向朗）喂，你这蠢才！这两天你究竟浪荡在什么地方？

朗　呃，少爷，我是照您的话给雪尔薇亚小姐送狗去的。

普　她看见我的小宝贝说些甚么话？

朗　呃，她说，您的狗是一条恶狗；她叫我对您说，您这样的礼物她是不敢领教的。

普　她不接受我的狗吗？

朗　不，她不受；现在我把他带回来了。

普　什么！你给我把这畜生送给她吗？

朗　是的，少爷；那头小松鼠儿在市场上给那些不得好死的偷去了，所以我才把我自己的狗送去给她。这条狗比您的狗大十倍，这礼物的价值当然也要大得多了。

普　快给我去把我的狗找回来；要是找不回来，不用再回来见我了。快滚！你要我见着你生气吗？这奴才老是替我丢尽了面子。（朗下）瑟巴斯襄，我所以收容你的缘故，一半是因为我需要像你这样一个孩子给我做些事情，不像那个蠢汉一样靠不住；可是大半还是因为我从你的容貌行为上，知道你是一个受过良好教养，诚实可靠的人。现在你就给我去把这戒指送给雪尔薇亚小姐，它本来是一个爱我的人送给我的。

裘　大概您已经不爱她了吧，所以把她的纪念物送给别人？是不是她已经死了？

普　不，我想她还活着。

裘　唉！

普　你为什么叹气？

裘　我禁不住可怜她。

普　你为什么可怜她？

裘　因为我想她爱您就像您爱您的雪尔薇亚小姐一样。她梦寐怀念着一个忘记了她的爱情的男人；您痴心热恋着一个不愿接受您的爱情的女子。恋爱是这样的参差颠倒，想起来真是可叹！

普　好，好，你把这戒指和这封信送去给她；那就是她住的房间。对那位小姐说，我要向她索讨她所答应给我的她那幅天仙似的画像。办好了差使以后，你就赶快回来，你会看见我一个人在房间里伤心。（下）

裘　有几个女人愿意干这样一件差使？唉，可怜的普洛丢斯！你找了一头狐狸来替你牧羊了。唉，我才是个傻子！他那样厌弃我，我为什么要可怜他？他因为爱她，所以厌弃我；我因为爱他，所以不能不可怜他。这戒指是我们分别的时候，我要他永远记得我而送给他的；现在我这不幸的使者，却要替他求讨我所不愿意他得到的东西，转送我所不愿意送去的东西，称赞他我所不愿意称赞的忠实。我真心爱着我的主人，可是我倘要尽忠于他，就只好不忠于自己。没有办法，我只能为他前去求爱，可是我要把这事情干得十分冷淡，天知道我不愿他如愿以偿。

【雪尔薇亚上，众女侍随从。

裘　　早安，小姐！有劳您带我去见一见雪尔薇亚小姐。

雪　　假如我就是她，你有什么见教？

裘　　假如您就是她的话，那么我奉命而来，有几句话要奉渎清听。

雪　　奉谁的命而来？

裘　　我的主人普洛丢斯，小姐。

雪　　噢，他叫你来拿一幅画像吗？

裘　　是的，小姐。

雪　　欧苏拉，把我的画像拿来。（女侍取画像至）你把
　　　这拿去给你的主人，请你再对他说，有一位被他朝
　　　秦暮楚的心所忘却的裘丽亚，是比这个画里的影子
　　　更值得晨昏供奉的。

裘　　小姐，请您读一读这封信。——不，请您原谅我，
　　　小姐，是我大意送错了信了；这才是给您的信。

雪　　请你让我再瞧瞧那一封。

裘　　这是不可以的，好小姐，原谅我吧。

雪　　那么你拿去吧。我不要看你主人的信，我知道里面
　　　满是些盟山誓海的话，他说过了就把它丢在脑后，
　　　正像我把这纸头撕碎了一样不算怎么一回事。

裘　　小姐，他叫我把这戒指送上。

雪　　这尤其是他的不该；我曾经听他说起过上千次，这
　　　是他的裘丽亚在分别时候给他的。他的没有良心的
　　　指头虽然已经玷污了这戒指，我可不愿对不起裘丽
　　　亚而把它戴上。

裘　　她谢谢你。

雪　　你说甚么?

裘　　我谢谢您,小姐,因为您这样关心她。可怜的姑娘!
　　　　我的主人太对不起她了。

雪　　你也认识她吗?

裘　　我熟悉她的为人,就像知道我自己一样明白。不瞒
　　　　您说,我因为想起她的不幸,曾经流过几百次的眼
　　　　泪哩。

雪　　她多分以为普洛丢斯已经抛弃她了吧。

裘　　我想她是这样想着,这也就是她所以悲伤的缘故。

雪　　她长得好看吗?

裘　　小姐,她从前是比现在好看多了。当她以为我的主
　　　　人很爱她的时候,在我看来她是跟您一样美的;可
　　　　是自从她无心对镜,懒敷脂粉以后,她的颊上的蔷
　　　　薇已经不禁风吹而枯萎,她的百合花一样的肤色也
　　　　已经憔悴下来,现在她是跟我一样的黑丑了。

雪　　她的身材怎样?

裘　　跟我差不多高;因为在五旬节串演各种戏剧的时候,
　　　　他们总是要我扮做女人,把裘丽亚小姐的衣服借给
　　　　我穿着,刚巧合着我的身材,大家说这身衣服就像

　　是为我而裁剪的，所以我知道她跟我差不多高。那

　　时候我扮着爱丽亚邓，悲痛着提修斯的薄情遗弃①；

　　我表演得那样凄惨逼真，使我那小姐忍不住频频拭泪。

　　现在她自己被人这样对待，怎么不使我为她难过！

雪　　她知道你这样同情她，一定很感激你的。唉，可怜

　　的姑娘，给人这样抛弃不顾！听了你的话，我也要

　　流起泪来了。孩子，为了你那好小姐的缘故，我给

　　你这几个钱，因为你是爱她的。再见。

裘　　您要是认识她的话，她也会因为您的善心而感谢您

　　的。（雪及侍从下）她是一位贤淑美丽的贵家女子。

　　她这样关切着裘丽亚，看来我的主人向她求爱是没

　　有多大希望的。唉，爱情是多么善于愚弄它自己！

　　这一幅是她的画像，让我瞻仰一番。我想，我要是

　　也有这样一顶帽子，我这脸庞和她的比起来也是一

　　样可爱；可是画师似乎把她的美貌格外润色了几分，

---

　　① 五旬节（Pentecost），逾越节后第五十日，为庆祝收获之节日。提
修斯（Theseus），传说中之雅典英雄，亦即《仲夏夜之梦》中的"公爵"，
为爱丽亚邓（Ariadne）所恋；提修斯得后者之助，深入迷宫，杀死半
牛半人之食人怪兽；惟其后卒将该女遗弃。——译者注

否则就是我自己太顾影自怜了。她的头发是赭色的，我的是纯粹的金黄；他如果就是为了这一点差别而爱她，那么我愿意装上一头假发。她的灰色的眼睛像水晶一样清澈，我的眼睛也是一样；可是我的额角比她的高些。爱神倘不是盲目的，那么我有那一点及不上她？把这影子卷起来吧，它是你的情敌呢。啊，你这无知无觉的形象！他将要崇拜你，爱慕你，吻你，抱你；倘使他的盲目的恋爱是有几分理性的话，他就应该爱我这血肉之身而忘记了你；可是因为她没有待错了我，所以我也要爱惜你，珍重你；不然的话，我要发誓剜去你那双视而不见的眼睛，好让我的主人不再爱你。（下）

第五幕

我可以在这里一人独坐，
和着夜莺的悲歌调子，
泄吐我的怨恨忧伤。

第一场　密兰；一寺院

【埃格来莫上。

埃　　太阳已经替西天镀上了金光，雪尔薇亚约我在伯特
　　　力克神父的庵院里会面的时候快要到了。她是不会
　　　失约的，因为在恋爱中的人们，只有先时而至，决
　　　不会误了钟点。瞧，她已经来啦。

【雪尔薇亚上。

埃　　小姐，晚安！

雪　　阿们，阿们！好埃格来莫，快打寺院的后门出去。
　　　我怕有暗探在跟随着我。

埃　　别怕，离这儿不满十哩就是森林，只要我们能够
　　　到得那边，准可万无一失。（同下）

第二场 同前；公爵府中一室

【修里奥，普洛丢斯，及袭丽亚上。

修 普洛丢斯，雪尔薇亚对于我的求婚作何表示？

普 啊，老兄，她的态度比原先软化得多了；可是她对于您还有几分不满。

修 怎么！她嫌我的腿太长吗？

普 不，她嫌它太瘦小了。

修 那么我就穿上一双长统靴子去，好叫它瞧上去粗一些。

袭 （旁白）你可不能把爱情一靴尖踢到它所嫌憎的人的怀里啊！

修 她怎样批评我的脸庞？

普 她说您有一张俊俏的小白脸。

修 这丫头胡说八道，我的脸是又粗又黑的。

普 可是老古话说，"粗黑的男子，是美人眼中的明珠。"

袭 （旁白）不错，这种明珠会耀得美人们睁不开眼来，我见了他就宁愿闭上眼睛。

修 她对于我的言辞谈吐觉得怎样？

普   当您讲到战争的时候，她是会觉得头痛的。

修   那么当我讲到恋爱的时候，她是很欢喜的吗？

裘   （旁白）你一声不响人家才更满意呢。

修   她对于我的勇敢怎么说？

普   啊，那是她一点不怀疑的。

裘   （旁白）她不必怀疑，因为她早知道他是一个懦夫。

修   她对于我的家世怎么说？

普   她说您系出名门。

裘   （旁白）不错，他是个辱没祖先的不肖子孙。

修   她看重我的财产吗？

普   啊，是的，她还觉得十分痛惜呢。

修   为什么？

裘   （旁白）因为偌大财产都落在一头蠢驴的手里。

普   因为它们都典给人家了。

裘   公爵来了。

【公爵上。

公爵   啊，普洛丢斯！修里奥！你们两人看见过埃格来莫

　　　　　没有？

修　　　没有。

普　　　我也没有。

公爵　　你们看见我的女儿吗？

普　　　也没有。

公爵　　啊呀，那么她已经私自出走，到伐伦泰因那家伙那
　　　　　边去了，埃格来莫一定是陪着她去的。一定是的，
　　　　　因为劳伦斯神父在林子里修行的时候，曾经看见他
　　　　　们两个人；埃格来莫他是认识的，还有一个人他猜
　　　　　想是她，可是因为她假扮着，不能十分确定。而且
　　　　　她今晚本来要到伯特力克神父庵院里做忏悔礼拜，
　　　　　可是她却不在那边。这么看起来，她的逃走是完全
　　　　　证实了。我请你们不要站在这儿多讲话，赶快备好
　　　　　马匹，咱们在通到曼多亚去的山麓高地上会面，他
　　　　　们一准是到曼多亚去的。赶快整装出发吧！（下）

修　　　真是一个不懂好歹的女孩子，叫她享福她偏不要享。
　　　　　我要追他们去，叫埃格来莫知道些利害，却不是为
　　　　　了爱这个不知死活的雪尔薇亚。（下）

普　　　我也要追上前去，为了雪尔薇亚的爱，却不是对那

和她同走的埃格来莫有甚么仇恨。（下）

裘　　我也要追上前去，阻碍普洛丢斯对她的爱情，却不
　　　是因为恼恨为爱而出走的雪尔薇亚。（下）

第三场 曼多亚边境；森林

【众盗挟雪尔薇亚上。

盗甲　来，来，不要急，我们要带你见寨主去。

雪　　无数次不幸的遭遇，使我学会了如何忍耐今番这
　　　一次。

盗乙　来，把她带走。

盗甲　跟她在一起的那个绅士呢？

盗丙　他因为跑得快，给他逃去了，可是摩瑟斯和伐勒律
　　　斯已经追上前去。你带她到树林的西面角上，我们
　　　的首领就在那边。我们再去追那逃走的家伙，四面
　　　包围得紧紧的，料他逃不出去。(除盗甲及雪尔薇亚
　　　外余同下)

盗甲　来，我带你到寨里去见寨主。别怕，他是个光明正
　　　大的汉子，不会欺侮女人的。

雪　　伐伦泰因啊！我是为了你才忍受这一切的。(同下)

第四场 森林的另一部份

【伐伦泰因上。

伐　习惯是多么能够变化人的生活！在这座浓阴密布人迹罕至的荒林里，我觉得要比人烟繁杂的市镇里舒服得多。我可以在这里一人独坐，和着夜莺的悲歌调子，泄吐我的怨恨忧伤。唉，我那心坎儿里的人儿呀，不要长久抛弃你的殿堂吧，否则它会荒芜而颓圮，不留下一点可以供人凭吊的痕迹的！我这破碎的心，是要等着你来修补呢，雪尔薇亚！你温柔的女神，快来安慰你的寂寞孤零的恋人呀！（内喧嚷声）今天什么事这样吵吵闹闹的？这一班是我的弟兄们，他们不受法律的拘管，现在又在追赶不知那一个倒霉的旅客了。他们虽然厚爱我，可是我也费了不少气力，才叫他们不要作甚么非礼的暴行。且慢，谁到这儿来啦？待我退后几步看个明白。

【普洛丢斯，雪尔薇亚及裘丽亚上。

普　　小姐，您虽然看不起我，可是这次是我冒着生命的
　　　危险，把您从那个家伙手里救了出来，保全了您的
　　　清白。就凭着这一点微劳，请您向我霁颜一笑吧；
　　　我不能向您求讨一个比这更小的恩惠，我相信您也
　　　总不致拒绝我这一个最低限度的要求。

伐　　（旁白）我眼前所见所闻的一切，多么像一场梦景！
　　　爱神哪，请你让我再忍耐一会儿吧！

雪　　啊，我是多么倒霉多么不幸！

普　　在我没有到来之前，小姐，您是不幸的；可是因为
　　　我来得凑巧，现在不幸已经变成大幸了。

雪　　因为你来了，所以我才更不幸。

裘　　（旁白）因为他找到了你，我才不幸呢。

雪　　要是我给一头饿狮抓住，我也宁愿给他充作一顿早
　　　餐，不愿让薄情无义的普洛丢斯把我援救出险。啊，
　　　上天作证，我是多么爱伐伦泰因，他的生命就是我
　　　的灵魂。正像我把他爱到极点一样，我也痛恨背盟
　　　无义的普洛丢斯到极点。快给我去吧，别再缠绕我了。

普　　只要您肯温和地看我一眼，无论甚么与死为邻的危

险事情，我都愿意为您去做。唉，这是爱情的永久的咒诅，一片痴心难邀美人的眷顾！

雪　普洛丢斯不爱那爱他的人，怎么能叫他爱的人爱他？想想你从前深恋的裘丽亚吧，为了她你曾经发过一千遍誓诉说你的忠心，现在这些誓言都变成了诳话，你又想把它们拿来骗我了。你曾出卖你的好朋友，你这人是没有半点真心的！

普　一个人为了爱情，怎么还能顾到朋友呢？

雪　只有普洛丢斯才是这样。

普　好，我的婉转哀求要是打不动您的心，那么我只好像一个军人一样，用武器来向您求爱，强迫您接受我的痴情了。

雪　天啊！

普　我要强迫你服从我。

伐　（上前）混账东西，不许无礼！你这出卖朋友的朋友！

普　伐伦泰因！

伐　卑鄙奸诈不忠不义的家伙，现今世上就多的是像你这样的朋友！要不是我今天亲眼看见，我万万想不到你竟是这样一个人。现在我不敢再说我在世上有一个朋友了。要是一个人的心腹股肱都会背叛他，那么还有谁可以信托？普洛丢斯，我从此不再相信你了；茫茫人海之中，从此我只剩孑然一身。自己的朋友竟会变成最坏的仇敌，世间还有比这更可痛心的事吗？

普　我的羞愧与罪恶使我说不出话来。饶恕我吧，伐伦泰因！如果真心的悔恨可以赎取罪愆，那么请你原谅我这一次吧！

伐　那就罢了，你既然真心悔过，我也不再计较，仍旧把你当做一个朋友。能够忏悔的人，无论天上人间都可以不咎既往。为了表示我对你的友情的坦率真诚起见，我愿意把我在雪尔薇亚心中的地位让给你。

裘　我好苦啊！（晕倒）

普　瞧这孩子怎么啦？

伐　喂，孩子！喂，小鬼！啊，怎么一回事？醒过来！你说话呀！

裘　啊，好先生，我的主人叫我把一个戒指送给雪尔薇亚小姐，可是我粗心把它忘了。

普　那戒指呢，孩子？

裘　　在这儿，这就是。（以戒指交普）

普　　啊，让我看。咦，这是我给裘丽亚的戒指呀。

裘　　啊，请您原谅，我弄错了；这才是您送给雪尔薇亚
　　　的戒指。（取出另一戒指）

普　　可是这一个戒指是我在动身的时候送给裘丽亚的，
　　　现在怎么会到你的手里？

裘　　裘丽亚自己把它给我，而且她自己把它带到这儿来了。

普　　怎么！裘丽亚！

裘　　你曾经向她发过无数假誓，深心里相信你不会骗她
　　　的裘丽亚就在这里，请你瞧个明白吧！普洛丢斯啊，
　　　你看见我这样不成体统的装束，也觉得惭愧吗？可
　　　是比起男人的变换心肠来，女人的变换装束还是不
　　　算怎么一回事的。

普　　比起男人的变换心肠来！不错，天啊！男人要是始
　　　终如一，他就是个完人；因为他有了这一个错处，
　　　便使他无往而非错，犯下了各种的罪恶。我要是没
　　　有变心，那么雪尔薇亚的脸上有那一点不可以在裘
　　　丽亚脸上同样找到，而且还要更加鲜润！

伐　　来，来，让我给你们握手，从此破镜重圆，把旧时

的恩怨一笔勾销吧。

普　　上天为我作证，我的心愿已经得到永远的满足。

裘　　我也别无他求。

【众盗拥公爵及修里奥上。

盗　　发了利市了！发了利市了！

伐　　弟兄们不得无礼！这位是公爵殿下。殿下，小人是
　　　被放逐的伐伦泰因，在此恭迎大驾。

公爵　伐伦泰因！

修　　那边是雪尔薇亚；她是我的。

伐　　修里奥，放手，否则我马上叫你死。不要惹我性起，
　　　要是你再说一声雪尔薇亚是你的，你就休想回到维
　　　洛那去。她现在站在这儿，你倘敢碰她一碰，或者
　　　向我的爱人吹一口气的话，就叫你尝尝利害。

修　　伐伦泰因，我不要她，我不要。谁要是愿意为了一
　　　个不爱他的女人去冒生命的危险，那才是一个大傻
　　　瓜。我不要她，她就算是你的吧。

公爵　你这卑鄙无耻的小人！从前那样向她苦苦追求，现

在却这样把她轻轻放手。伐伦泰因，我很佩服你的胆勇，你是值得一个女皇的眷宠的。现在我愿忘记以前的怨恨，准你回到密兰去，为了你的无比的才德，我还要特别加惠于你；伐伦泰因，雪尔薇亚是属于你的了，因为你已经可以受之而无愧。

伐 谢谢殿下，这样的恩赐，使我喜出望外。现在我还要请求殿下看在令嫒的脸上，准许我一个要求。

公爵 无论什么要求，我都可以看在你的脸上答应你。

伐 这一班跟我在一起的放逐之人，他们都有很好的品性，请您宽恕他们在这儿所干的一切，让他们各回乡井。他们都是真心悔过，温和良善，可以干些大事业的人。

公爵 准你所请，我赦免了他们，也赦免了你。你就照他们各人的才能安置他们吧。来，我们去吧，我们要用盛大的仪式，欢欢喜喜地回家。

伐 我们一路走着的时候，我还敢大胆向殿下说一个笑话。您看这个童儿好不好？

公爵 这孩子倒是很清秀文雅的，他在脸红呢。

伐 殿下，他清秀是很清秀的，文雅也很文雅，可是他却不是个童儿。

公爵　你这话是什么意思？

伐　请您许我在路上告诉您这一切奇怪的遭遇吧。来，普洛丢斯，我们要讲到你的恋爱故事，让你听着难过难过；之后，我们的婚期也就是你们的婚期，大家在一块儿欢宴，一块儿居住，一块儿过着快乐的日子。（同下）

附

录

关于"原译本"的说明

文／朱尚刚

朱生豪从 1935 年做准备工作开始，历时近十年，完成了 31 部莎剧的翻译工作，虽然最终未能译完全部莎翁剧作，但已经为将这位世界文坛巨匠介绍给中国人民做出了卓越的贡献。朱生豪译莎以"保持原作之神韵"为首要宗旨，他的译作也的确实现了这个宗旨，至今仍受到读者的欢迎和学界的高度评价。

朱生豪的译莎工作是在贫病交加、极端困难的情况下进行的。日本侵略者的炮火两度摧毁了他已经完成的几乎全部译稿和辛苦搜集起来的各种莎剧版本、注释本和大量参考资料，在最后为译莎而以命相搏的时候，手头"仅有的工具书，只是两本词典——牛津词典和英汉四用辞典。既无其他可以参考的书籍，更没有可以探讨质疑的师友"。而且他当时毕竟还是一个阅历不深的年轻人，虽然有着出众的才华，然而翻译作品中存在各种各样的缺陷和疏漏是完全可以想象的。

朱生豪的遗译最早于 1947 年由世界书局出版（收入除历史剧外的剧本 27 种），以后于 1954 年由作家出版社出版了包括全部朱生豪译作的《莎士比亚戏剧集》。上世纪60年代初期，人民文学出版社组织了一批国内一流的专家对朱译莎剧进行校订和补译，原打算在1964年纪念莎翁400周年诞辰时出版完整的《莎士比亚全集》，后因各种原因一直到1978年才得以问世。

《莎士比亚全集》的出版，是我国一代莎学大师通力合作取得的划时代的成就。经校订的朱译莎剧，在很大程度上纠正了原译本因各种主客观原因而产生的缺陷和疏漏，并体现了当时在英语语言和莎学研究上的新成果，是对朱生豪译莎事业的进一步提升和完善。我对这一代莎学前辈们的努力表示真挚的感谢和崇高的敬意！

上世纪九十年代后期，为反映新时代语言的发展和新的学术成果，译林出版社再次组织专家进行了对朱译莎剧的校订，并出版了新的校订本。

校订过程中除了对一些理解或表达方面的缺疵进行修改外，反映较多的是原译本中"漏译"的内容。实际上我相信朱生豪真正因为"疏忽"而漏译的情况即使不是绝对没有，也应该是极少的。我估计，有些地方可能是因为当时的客观条件实在太差，有些地方实在难以理解又没有任何资料可以查考，因此在不影响剧本相对顺畅性的前提下只能跳过去了。

而更多的情况下是有些内容和说法似乎有点"不雅"，朱生豪出于中国传统的思维习惯，就把这些"不雅"的东西删去了。这种做法是否合适是有待商榷的，但也在一定程度上反映了那个特定的时代，特定的阶层，特定的译者的思维方式和特征。

莎士比亚的话题是说不尽的，同样，对莎士比亚的翻译和研究也是说不尽的。经校订的朱译莎剧无疑是对原译稿的改善，但从某种意义上来说，校订者和原译者的思维定式和语言习惯难免有所不同，因此也有读者感到经校订后的译文在语言风格的一致性等方面受到了影响，还有学者对某些修改之处也提出存疑。这些也是很正常的现象，再好的校订本也需要在实践和历史中经受检验，进一步地"校订"和完善。

也是出于这样的考虑，社会上对未经"校订"的朱生豪原译本也产生了相当的兴趣，希望能看到完全体现朱生豪翻译风格，能反映那个时代的语言习惯和学术水平的原译本，看到一个本色的朱生豪译本（包括他的错漏之处）。这在我们这个多元化的社会中应该是一个合理的希求。这次中国青年出版社出版这套原译本系列，正是顺应了这样一种需求，并借此来表达对我的父亲——朱生豪诞辰 100 周年的纪念之情。我对此表示真挚的谢意！

译者自序

(原文收录于1947年版《莎士比亚戏剧全集》)

　　于世界文学史中，足以笼罩一世，凌越千古，卓然为词坛之宗匠，诗人之冠冕者，其唯希腊之荷马，意大利之但丁，英之莎士比亚，德之歌德乎。此四子者，各于其不同之时代及环境中，发为不朽之歌声。然荷马史诗中之英雄，既与吾人之现实生活相去过远；但丁之天堂地狱，复与近代思想诸多抵牾；歌德去吾人较近，彼实为近代精神之卓越的代表。然以超脱时空限制一点而论，则莎士比亚之成就，实远在三子之上。盖莎翁笔下之人物，虽多为古代之贵族阶级，然彼所发掘者，实为古今中外贵贱贫富人人所同具之人性。故虽经三百余年以后，不仅其书为全世界文学之士所耽读，其剧本且在各国舞台与银幕上历久搬演而弗衰，盖由其作品中具有永久性与普遍性，故能深入人心如此耳。

　　中国读者耳莎翁大名已久，文坛知名之士，亦尝将其作品，译出多种，然历观坊间各译本，失之于粗疏草率者尚少，失之于拘泥生硬者实繁有徒。拘泥字句之结果，不仅原作神味，荡焉无存，甚且艰深晦涩，有若天书，令人不能卒读，此则译者之过，莎翁不能任其咎者也。

　　余笃嗜莎剧，尝首尾研诵全集至十余遍，于原作精神，自觉颇有会心。廿四年春，得前辈同事詹文浒先生之鼓励，始着手为翻绎全集之尝试。越年战事发生，历年来辛苦搜集之各种莎集版本，及诸家注释考证批评之书，不下一二百册，悉数毁于炮火，仓卒中惟携出牛津版全集一册，及译稿数本而已。厥后转辗流徙，为生活而奔波，更无暇晷，以续未竟之志。及三十一年春，目观世变日亟，闭户家居，摈绝外务，始得专心壹志，致力译事。虽贫穷疾病，交相煎迫，而埋头伏案，握管不辍。凡前后历十年而全稿完成，（案译者撰此文时，原拟在半年后可以译竟。讵意体力不支，厥功未就，而因病重辍笔）夫以译莎工作之艰巨，十年之功，不可云久，然毕生精力，殆已尽注于兹矣。

　　余译此书之宗旨，第一在求于最大可能之范围内，保持原作之神韵；必不得已而求其次，亦必以明白晓畅之字句，忠实传达原文之意趣；而于逐字逐句对照式之硬译，则未敢赞同。凡遇原文中与中国语法不合之处，往往再四咀嚼，不惜全部更易原文之结构，务使作者之命意豁然呈露，不为晦涩之字句所掩蔽。每译一段竟，必先自拟为读者，察阅译文中有无暧昧不明之处。又必自拟为舞台上之演员，审辨语调之是否顺口，音节之是否调和。一字一句之未惬，往往苦思累日。然才力所限，未能尽符理想；乡居僻陋，既无参考之书籍，又鲜质疑之师友。谬误之处，自知不免。所望海内学人，惠予纠正，幸甚幸甚！

原文全集在编次方面，不甚惬当，兹特依据各剧性质，分为"喜剧"、"悲剧"、"杂剧"、"史剧"四辑，每辑各自成一系统。读者循是以求，不难获见莎翁作品之全貌。昔卡莱尔尝云，"吾人宁失百印度，不愿失一莎士比亚。"夫莎士比亚为世界的诗人，固非一国所可独占；倘因此集之出版，使此大诗人之作品，得以普及中国读者之间，则译者之劳力，庶几不为虚掷矣。知我罪我，惟在读者。

生豪书于三十三年四月。

图书在版编目（CIP）数据

维洛那二士 / （英）莎士比亚（Shakespeare,W.）著；
朱生豪译 . —北京：中国青年出版社，2013.4
（新青年文库·莎士比亚戏剧朱生豪原译本全集）
ISBN 978-7-5153-1485-3

I. ①维… II. ①莎… ②朱… III. ①喜剧 – 剧本 – 英国 – 中世纪
IV. ① I561.33

中国版本图书馆 CIP 数据核字 (2013) 第 044713 号

书　　名：维洛那二士
著　　者：【英】莎士比亚
译　　者：朱生豪
审　　订：朱尚刚
责任编辑：庄庸　王昕
特约策划：张瑞霞
特约编辑：于晓娟
出版发行：中国青年出版社
社　　址：北京东四十二条 21 号
邮政编码：100708
网　　址：www.cyp.com.cn
门 市 部：(010) 57350370
印　　刷：三河市君旺印刷厂
经　　销：新华书店

开　　本：700×1000　1/32
印　　张：4.25
字　　数：150 千字
版　　次：2013 年 6 月北京第 1 版印刷
印　　次：2013 年 6 月河北第 1 次印刷
印　　数：0,001-3,000 册
定　　价：19.80 元

本图书如有印装质量问题，请凭购书发票与质检部联系调换
联系电话：(010) 57350337